藥師少女的獨語
日向夏
Natsu Hyuuga
illustration
しのとうこ
4
「可以讓小女子摸摸嗎？」
貓貓用指尖溫柔撫觸玉葉妃的腹部。

貓貓打開抽屜，取出裡頭的生藥。
這時，毛毛來到腳邊纏著她不放。
貓貓嫌麻煩，動腳把牠趕走，
毛毛卻伸出爪子抓住裙裳。
「別鬧，會扯破的。」

「還給我！」
里樹妃扯著侍女的衣襟，
硬是搶走了銅鏡。

「應該需要有人嚐嚐味道吧？」
貓貓餵小蘭嚐了口清涼的冰糕。

「請讓小女子看看。」
貓貓將壬氏逼到牆邊，
緩緩伸出了手。

「……」
堪稱至寶的容顏，右頰有道斜劃的傷痕。
那皮開肉綻的傷口，用線縫了起來。

藥師少女的獨語

INTRODUCTION

事件的共通性是？

獲得推理迷讚譽有加的《藥師少女的獨語》，
在第四集中，本作的主角貓貓
將會發現宮廷內發生的種種事件有其共通性。
至今為止將懸而未解之謎一一解開的試毒少女名偵探，
即將挑戰最大謎團時——沒想到竟然被人綁架了。
而俊美宦官壬氏也將有新的遭遇。
事態將會如何發展？
讓人不忍釋卷的第四幕
保證精采有趣！

藥師少女的獨語

4

日向夏

Kadokawa Fantastic Novels

目錄

藥師少女的獨語

目錄

4

彩頁、內文插畫／しのとうこ

序話

母親開朗地笑著。

這時候該笑。她記住了。

母親在對父親發怒。

這時候該一起蹙額瞪眼。她領會了。

母親在痛斥侍女。

這時候只需袖手旁觀。她明白了。

每次注意到時，母親都會看著、監視著自己，她只能回應母親的期待。母親笑就笑，母親愁就愁。

這麼一來母親就不會生氣，會面露笑容，不會變得更為醜陋。

她在滿五歲時嘴唇被塗上胭脂，還不到十歲就被擦了白粉。再經過一番畫眉、染眼角，頓時產生一種戴起面具的感覺。同時，她意識到自己的手腳都連著看不見的絲線，被母親扯動著，綁手綁腳的很不自由。

即使如此，她仍甘之如飴。

她原本以為只要一直當個玩偶就好。

但是，她錯了。

無論戴起何種面具，無論如何扮演玩偶，母親依然愈發醜陋。她這才知道自己已無力回天。

啊，全是白費工夫。

當她發現到時，一切都已經太遲了。

一話　浴殿

「上哪兒才能找到好差事呢～」

小蘭一邊替洗衣籃裡的衣物分門別類一邊問。地點一樣在老地方洗衣場，兩人正從宦官手中接過晾乾的衣裳。

「欸，貓貓有沒有什麼好門路啊？」

再過不到半年就要期滿退宮了。每到這個時期，宮女要麼就是老家那邊有人談親事，要麼就是靠自己覓得良緣，不然就是獲得上級宮女或嬪妃的歡心，決定繼續留在後宮。

「門路啊……」

要門路不是沒有。煙花巷的綠青館對於年輕貌美的姑娘來者不拒，若是可愛討喜的姑娘就更歡迎了。

貓貓按著下頷看了看小蘭。雖然稚氣未脫，但五官還算標緻。儘管講話有點口齒不清，但愛好此道的風月子弟倒也不少。尤其是她天真活潑的性情最是討人喜歡。老鴇都說這種姑娘最好調教，常常向女衒——也就是人口販子收購。

可是——

「如果妳真的找不到任何營生，我再替妳介紹。」

老實說，她不想介紹這份工作。

「咦！真的嗎？」

小蘭兩眼發亮地靠近貓貓。貓貓別開目光。

（妳別這麼期待好嗎？）

那不過是最終手段罷了。貓貓很清楚煙花巷或娼妓是何種存在，所以無法輕易推人入火坑。貓貓出身的綠青館算是比較珍惜娼妓，所以還好，但是觀察整條煙花巷，就知道這不是一種長命的職業。像是長期睡眠不足、營養不足，還有被客人傳染性病——有許多原因會縮短娼妓的壽命。其中還有人想從良卻失敗，結果被人用草蓆捆起來丟進河裡以儆效尤。

小蘭是被爹娘賣來，出了後宮就得獨自謀生。想到這點，貓貓可以諒解她焦急的心情。

真希望能替她找到個門路。

（有沒有什麼人可以投靠？）

貓貓雖想到可以拜託壬氏等人，又搖頭打消這個念頭。要是把小蘭介紹給他，難保不會害她被捲入麻煩事。

（可能只剩庸醫了……）

就在貓貓雙臂抱胸唸唸有詞時，有個人忽然探出頭來。

「怎麼啦？」

來者是頭髮微捲的高個子姑娘。原來是講話有點口齒不清的宮女子翠。

「啊——子翠——我問妳喔，妳知不知道哪裡有好空缺啊——？」

常言道飢不擇食，看來果真如此。子翠也是個下女，立場跟小蘭大同小異。貓貓本以為得不到什麼好答覆，然而子翠卻給了個意外的回答：

「說有或許不是沒有。」

「咦？真的嗎？」

小蘭巴著子翠追問。子翠悄悄移動視線，用食指指了指後宮的南側中央，那裡有棟平坦而寬敞的建築物。貓貓很清楚那是什麼設施，是浴殿。這裡是這座後宮動工擴建之際建造的設施，據說是仿效遙遠西方國度的後宮(Harem)所建。

「與其說有空缺，不如說要自己生出一個。」

子翠說完，咧嘴一笑。

浴殿很寬敞。具體而言，此處有間一次可容納千人的浴堂，浴池一次可供數百人浸浴。

浴場大致上分成三處，有供眾嬪妃入浴的小間浴室與露天浴池，另一處則是此時映入眼簾的大浴池。下女主要都是在大浴池裡摩肩接踵地洗浴。
在後宮此一人口密度較高的場所，容易流行疫症。因此後宮很注重衛生，其中一項措施就是這棟浴殿。
對一般老百姓而言，入浴就是沐浴。平民不會浸浴，都是用木桶汲水直接清洗身體，或者用溼布把身體擦過一遍就罷。貓貓是在煙花巷出生長大，平素就習慣用浴盆泡澡，但是有些剛來到後宮的宮女連怎麼入浴都不會。
使用大量熱水的洗浴方式本身就是種奢侈享受。
宮女被要求冬季五日入浴一次，夏季則是兩日一次。貓貓認為洗去身上的汙垢或體臭，是在後宮度過舒適生活的必需條件。此外還聽說這種措施也有助於確認眾嬪妃是否有責打下女。在綠青館也是，老鴇總是會檢查商品有無遭到客人動粗使得賣相受損。
此外，雖然有些疾病會經由浴場傳染，但這裡是女子園囿，不常有人感染性病；而且這兒盡是些年輕健康的人，聽說染病的人不多。
「這個時段人果然很少呢～」
畢竟天還亮著，浴場裡只有寥寥幾名宮女。
「來浴場要幹麼啊？」
小蘭偏頭不解。她一手拿著手巾，身上除了用帶子套在頸後的入浴用肚兜之外，什麼也

沒穿，缺乏凹凸的身體曲線一覽無遺。

「這妳馬上就知道了。」

子翠也是一樣的打扮。只是她五官雖然稚氣未脫，身材卻發育良好，胸部大到讓貓貓的十指忍不住蠢蠢欲動。看來是屬於深藏不露的類型。

子翠一邊邪笑著，一邊活力十足地跳進浴池。

「啊！這樣會挨罵的！得先把身體洗乾淨才行！」

「好燙！燙死了！」

子翠肌膚被熱水燙得泛紅，脫掉肚兜直嚷嚷。貓貓拿起木桶，從涼水浴盆裡舀水幫她潑潑身體。

小蘭傻眼地叫道：

「真是，妳沒在這時辰洗過澡嗎？」

宦官一天只會替浴池加一次熱水，因此一開始盛的都是燙水。隨著時間經過，才會慢慢變涼到適合的溫度。

因此在這個還有點暑意的時節，沒有人會七早八早就想來入浴。但是因為來得晚了就得人擠人，所以想早點入浴的人都能優先使用。貓貓等人之所以能這麼早就來到浴場，就是因為這個原因。

「嘿嘿嘿，我平常都是更晚才來。」

子翠笑著回答。

貓貓把熱水與涼水盛進木桶裡，一邊攪勻一邊潑溼身子。她用從尚藥局摸來的沐髮露搓出泡沫，弄溼頭髮，用指尖仔細地搓洗頭皮。

「貓貓，那個借我用～」

子翠伸出手來，於是貓貓把裝在酒壺裡的沐髮露倒一點在她手心裡。小蘭一臉不可思議地看著貓貓。貓貓頂著滿頭泡沫，拿桶子往小蘭身上潑水，用沐髮露幫她洗頭髮。

「跑到眼睛裡會痛耶～」

「把眼睛閉起來。」

貓貓用力搓洗小蘭的頭皮，弄出滿滿泡沫後，看差不多可以了，就用熱水沖掉泡沫。

小蘭像小狗一樣用力甩臉，水花濺到貓貓臉上。

「我不是很喜歡洗澡呢。」

「是嗎，可是很舒服啊。」

「我贊成。」

貓貓在浴池裡找到水溫較低的地方，從腳尖開始慢慢泡進水裡。她感覺有點要頭暈了，於是用桶子盛起涼水，一邊替臉降溫一邊泡澡。

子翠也學貓貓一樣泡澡，小蘭則是去泡涼水。農村子女基本上沒有泡熱水的習慣，泡涼水或許比較能放鬆。

小蘭把手放在浴盆邊緣，抬眼看著兩人。

「我說啊，這跟找差事有什麼關係？」

「稍安勿躁，妳看那邊。」

子翠指向外頭的露天澡池，那裡基本上都是供眾嬪妃或侍女等上級宮女入浴，與嬪妃專用的小房間相連。

「那個又怎麼了？」

小蘭偏頭不解。

子翠從浴池裡起身，拉著小蘭的手臂往外走，然後把她帶到露天澡池旁的石臺去。

「等……等等啦，進去那邊不要緊嗎？」

相較於慌張的小蘭，子翠只是咧嘴一笑，站到石臺前，把手巾綁在頭上。

（哦，那是……）

貓貓大致上猜到她要做什麼了。

貓貓也站到石臺前，替小蘭把手巾綁到頭上。就在小蘭一頭霧水地站著時，有兩名女子一起往這邊走來。

「新來的？」

從高高在上的態度來看，想必是位嬪妃了。「是。」子翠笑容可掬地回答，嬪妃一聽，就一副理所當然的態度躺到了石臺上。另一名看似侍女的女子將瓶裝精油交給她。

「用力一點。」

「是～」

子翠拿起收下的精油倒在手上，慢慢塗抹在躺著的嬪妃背上，然後動作熟練地開始按摩背部的肌肉。

「嗯——再右邊一點。」

嬪妃一邊微微發出嬌喘一邊說。貼身侍女在一旁看著，顯得懶洋洋的。

（我看這位嬪妃沒受過寵幸。）

貓貓一邊把精油塗在手上一邊想。她有樣學樣地把精油揉進嬪妃的腿上。小蘭也跟著照做。

一旦成為皇上的妾室，有時可能會遭受其他嬪妃或宮女欺凌。她們會變得很有戒心，不會讓陌生下女像這樣為自己按摩。

嬪妃像隻章魚似的渾身癱軟，完全是一副心神蕩漾的樣子。

畢竟是位嬪妃，容貌還算美麗，但貓貓感到有點在意。這位嬪妃的肌膚略嫌粗糙，而且有些地方的體毛沒刮乾淨。

（看了手好癢。）

在煙花巷長大的貓貓，看了就是覺得在意。貓貓倏地走進室內，拿了一樣東西來。

「什麼東西啊？」

小蘭小聲詢問回來的貓貓。貓貓手上有一根大約二尺（六十公分）長的細線。

「很快就知道了。」

貓貓試著跟那位嬪妃的侍女談談。侍女雖然顯得有點懷疑，但還是聽完貓貓的話。然後侍女坐到石臺邊緣，伸出手來。

「……會不會很痛？」

貓貓用方才拿來的線滑過她的手臂。可以看出體毛纏在細線表面，被一根根拔掉。

「是滿痛的，但比不夠鋒利的剃刀好多了。」

侍女似乎覺得還不錯。本來在做之前最好能先清潔過身體，不過她似乎泡過熱水澡了，應該不要緊。

「若是肌膚出現異常，我就停下來。」

總之貓貓先拿一隻手試試。仔細替她除去體毛後，再塗滿精油。精油是好貨，香味適中且較不刺激肌膚。

「嗯——那就先觀察一陣子吧。妳下次什麼時候來？」
侍女斜睨放鬆癱在石臺上的嬪妃一眼，如此問道。
「什麼時候好？」
「大概後天吧。」
子翠一聽，得意地露出笑臉。小蘭搞不太清楚狀況，還在揉捏嬪妃的小腿。
（原來是這麼回事啊。）
沒有門路就自己製造機會。浴殿正是個能夠跟平素難以親近的嬪妃接觸的好地方。
嬪妃與侍女一臉滿足地離開後，早已有下一位客人在等著讓她們按摩了。
學浴堂女傭做事算得上是件力氣活兒，按摩全身肌肉很耗費體力。如果只有一個客人還好，但一回神才發現已經大排長龍了。
一問之下才知道，以往在這兒替人按摩的宮女似乎期滿退宮了。聽說她得到一位中級妃的歡心，目前在嬪妃老家做事。
城裡有時會將浴堂女傭當成私娼，但此處乃是女子園囿，沒有那種事。不過，可能是基於此種刻板印象，或者因為是肉體勞動的關係，很多宮女不願意當這份差。
因此，貓貓她們就這樣撿到了這份差事。

工。

老實說，貓貓她們本來就有洗衣差事得做，所以這下事情更多了，不過她們可不是白做

「來，這給妳們。不是什麼大不了的東西就是了。」

出浴的侍女悄悄給了三人一只布包。當然並不是每次都能拿到。侍女似乎很滿意細線除毛的成果，所以才送這份小禮物。打開一看，裡面是糖果。

小蘭看得兩眼都亮了，二話不說就往嘴裡扔。

「啊──好幸福喔。」

只要能吃到甜的就覺得幸福，真是個怡然自足的姑娘。

三人結束浴殿的差事後，坐在外頭欄杆上納涼，冷卻發燙的身子。太陽仍然高掛天空，離晚膳還有點時間。其他宮女都顯得很忙碌，想在太陽下山前把差事做完。特別是負責備膳的僕役都忙得不可開交。

貓貓姑且不論，小蘭與子翠由於提早入浴，因此用過晚膳後還有差事得做。現在是能放鬆休憩的寶貴時間。

「話說回來，原來門路不是那麼好找的啊。」

小蘭含著糖果說。按照小蘭的預定，她似乎以為這時候已經有很多人搶著要她了。

「倒也不一定。在期滿退宮之前，妳可以跟常照顧妳的嬪妃偷偷提一下，說妳的執役期

限就快到了。」

「這樣會有用嗎……」

「就算不願意收留妳，說不定還是會幫妳延長期限啊。就算不行也沒關係嘛。」

說完，子翠從懷裡取出了一件東西，是一把缺了齒的梳子。以玳瑁製成的梳子，即使缺了齒仍然很值錢。

「也可以拿這種東西去變賣啊。」

「哦哦！」

這姑娘真精明——貓貓心想。不怎麼嗜甜的貓貓把人家送的糖果全給了小蘭。

（說到精明……）

貓貓侍奉的嬪妃也是個精明之人。

貓貓兩天來一次浴殿，而且其實只是陪子翠她們來，但像她這樣服侍其他嬪妃，換作一般嬪妃早就不給好臉色看了。然而玉葉妃卻說：

「哎呀？在那種地方可以聽到很多有趣的事呢，晚點妳可得講給我聽喲。」

就是這麼回事。真是位女中豪傑。

的確，心情鬆懈的嬪妃或侍女常常隨口告訴她們一些耐人尋味的事情。

可能是不知道貓貓是翡翠宮的侍女，也可能是在蒸氣氤氳的浴堂難以察覺，她們經常會跟貓貓說些老家的生意往來，或是其他嬪妃的祕聞等聳人聽聞的小道消息。

貓貓也聽說過玉葉妃的傳聞。看樣子在直覺敏銳的嬪妃之間，嬪妃有喜早已不是祕密。甚至還談到了胎兒是男是女，以及何時臨盆。最可怕的是偶爾還會聽到有人猜測梨花妃也有了身孕。

但是除了這些之外，還有其他傳聞。

那就是有人懷疑樓蘭妃也有了身孕。

理由是那位嬪妃原本以奇裝異服而聞名，但最近她常穿些寬鬆的服裝，而且開始深居簡出。

（唔——）

樓蘭妃是在今年年初進宮，已經滿八個月了，現在是她在宮中的第九個月。皇帝也不便冷落大張旗鼓地進宮成為上級妃的樓蘭妃。

這麼一來，四位上級妃當中，就有三位即將生下龍子。

真不知該說是可喜可賀還是山雨欲來，實在可怕。

除此之外，要說還有什麼有趣風聲的話——

「欸，現在不是都不收宦官了嗎？」

貓貓聽出小蘭想說什麼了。

日前隨著增收宮女，宦官人數也增加了。在當今皇上即位時，應該已經宣布過不再徵募宦官才是。

「那些人原本是奴隸啦。」

子翠心直口快。雖說奴隸制度應該也廢除了，不過她所謂的奴隸大概並非這個國家的奴隸。在邊疆民族當中，有些部族會強擄異邦之人，去勢迫其為奴。那些人可能是逃了出來，或是有幸獲救。

「人數多達三十人，可見應該是大軍討伐過哪兒吧。」

子翠雖然感覺有些孩子氣，又是個喜愛蟲子的怪姑娘，但其實頗為聰慧。在很多情況當中，奴隸逃亡總是與這些散發火藥味的事情直接相關。記得去年確實發生過那方面的騷亂，也許就是那時救出的奴隸吧。

「真是不容易呢～」

「就是啊～」

兩人一副事不關己的樣子。不過事實上的確不關她們的事，所以莫可奈何。

「對了，聽說有進來一位俊俏的宦官喔，好想去看看喔。」

這話好像以前在哪兒聽過，讓貓貓表情不禁僵硬起來。

「人家是宦官耶——妳不在乎嗎？」
子翠問道。
「可是很俊俏不是嗎？啊，我想起來了，浴場的熱水都是宦官在打的對吧！」
小蘭的兩眼閃閃發亮。有沒有那重要的一根，對她來說恐怕無關緊要。還是個小姑娘罷了。
「雖然可能沒有壬總管那麼俊美就是。」
貓貓差點沒從靠著的欄杆滑坐到地上。「妳怎麼了？」小蘭湊過來表示關心。「我沒事。」貓貓一邊拍拍裙裳一邊站好。
「說到這個，貓貓，妳常跟壬總管——」
「對，受到**娘娘**的差遣。」
貓貓強調著這點，就像在說「沒有更進一步的關係」。
（……）
貓貓下意識地把左手在裙裳上擦了擦。因為之前抓過青蛙的那種觸感又回來了。
（那是青蛙，青蛙。）
貓貓如此安撫自己，讓心情平靜下來。
自從日前在避暑山莊發生過那件事後，貓貓還沒見到過壬氏。差不多是定期訪問的時候了，但貓貓只覺得有些尷尬。

就在貓貓誦經似的在腦中唸唸有詞時，兩名熟悉的人物一同走進了浴場。

（那是……）

是個顯得有點畏畏縮縮的姑娘，以及跟隨左右的宮女。姑娘的相貌五官生得惹人憐愛，但最具特色的還是那給人怯弱感的八字眉。

（里樹妃？）

她怎麼會來到這裡？貓貓邊想邊望著里樹妃與她的侍女長。

二話　赤羽

（總覺得她們在瞪我。）

貓貓作如此想。「她們」當然只會是眼前的三個人。

今天的點心是饅頭。雖是裡面沒包餡的樸素饅頭，不過對於不嗜甜食的貓貓而言，這種的她比較愛吃。拿來夾乾燒的剩菜代替內餡非常美味。

在翡翠宮，侍女會輪班休息。貓貓以往都是趁這時候外出，不然就是跟紅娘或櫻花她們一起休息，但這次是跟三名新進湊在一塊兒。

老實說，很尷尬。

貓貓不是很擅長與人來往。新進侍女都已經進來了一個月，貓貓卻到最近才終於記住她們的名字。

三名侍女長得十分相像。起初貓貓以為因為是同鄉，所以才會都長得一個樣，結果似乎不是，而是三姊妹。

（記得是叫白羽、黑羽跟赤羽？）

名字本身是很好記，但貓貓很難把名字跟三人分別連結起來。她已經叫錯了好幾次，直到三人傻眼地綁上跟名字同色的髮繩，她才終於記住了。就跟日前來訪的使節一樣。

她們不是三胞胎而是各差一歲的姊妹，按照長幼順序分別是白、黑、赤。畢竟是侍奉上級妃的侍女，容貌姣好，都有著畫黛彎蛾般的柳眉。三人皆是一雙鳳眼，不過貓貓覺得二姊黑羽看起來最好強。

「各位怎麼不吃呢？」

貓貓早已在椅子上坐下，把饅頭送進了嘴裡。茶是前一輪休息的貴園沏的，雖然已經泡到無味，但也夠香了。

「……是。」

長姊白羽坐到椅子上，接著黑羽與赤羽也坐下了。

「……」

一片沉默。貓貓是無所謂，但吃東西時被人盯著會很不自在。

（不知道她們是不是有話想說？）

有話明說就是了。貓貓不想顧慮那麼多，還去揣測對方欲言又止的心情然後設法對應。若是頂頭上司也就算了，但對方是她的同僚，除非貓貓特別喜歡她們，否則沒打算做那種貼心之舉。

結果變成了一段默默吃饅頭的時間。可能是因為貓貓默不作聲吧，對面的三人也默不作聲。貓貓覺得她們大可以不用理她，聊她們的天就是了。

吃完饅頭，貓貓把茶喝乾後大大呼出一口氣。這時，原本一言不發的三個人當中，綁著白髮繩的白羽看向了貓貓。

「我有一事想問，不知方不方便？」

講話語氣穩重沉靜。貓貓記得有聽說過么妹赤羽跟自己歲數相同，因此她今年應該二十歲了。她與玉葉妃同歲，又比櫻花她們年長，看起來確實是比較穩重。

「妳是在何種機緣之下，來到這翡翠宮當差的呢？」

（這要我怎麼回答？）

是因為翡翠宮人手不足，壬氏抓住此一機會，就把貓貓作為試毒侍女塞了進來。貓貓認為櫻花或是誰應該已經告訴過她們了。

「這我早就聽說了。只是光聽這樣，我還是無法接受。多疑的玉葉怎會如此信任妳？」

白羽不慎直呼了「玉葉」這個名諱，神情扭曲了一下。

（原來如此啊。）

既然她與玉葉妃同年紀，也許兩人昔日曾是閨中密友。閨密身邊若是出現一個來路不明的傢伙，會起疑是當然的。

「我不過是個試毒侍女罷了。假如有人對玉葉妃下毒，我會先倒下。姑娘願意把我當成這樣的一個下女就夠了。」

貓貓誠實地回答。關於最早讓她與玉葉妃相識的毒白粉案，她認為沒有必要提起。

「雖然早有耳聞，不過妳這人還真的是心直口快呢。」

「謝謝姑娘。」

貓貓不知道這算不算讚美，總之先低頭致謝再說。畢竟對方雖是新進，身分地位卻比貓貓高。

「……還有，妳在外頭似乎結識了不少朋友，但希望妳收斂一點。妳想想，我們正在適應後宮的生疏環境，前輩宮女卻老是往外頭跑，我們豈不是會很寂寞嗎？特別是我們家的么妹。」

白羽說完，戳了戳綁著赤紅髮繩的三妹。么妹赤羽板著臉把頭別向一邊，就像在說「我才沒有」。

原來是這麼回事啊——貓貓心想。的確，自己最近時常與小蘭她們廝混，她覺得這點實在不應該，反省了一下。

可是，今天已經說好晚點要跟小蘭還有子翠一起出去了。現在都是貓貓在替眾嬪妃除毛，她若是現在退出，會增加兩人的負擔。

就在她煩惱著該怎麼辦時，忽然有了個點子。

簡而言之，只要有人來監視著貓貓，不讓她有奇怪舉動就行了。

「那麼，不如我們今兒就一起去浴殿吧？」

「什麼！」

冷不防聽到這種邀請，讓赤羽怪叫出聲。三姊妹雖然相貌神似，但畢竟赤羽最年輕，總是給人一點天真的印象。貓貓心想除非她實在太不愛理人，不然只要丟給小蘭跟子翠，她們自然就會跟她相處融洽了。

「浴殿」二字讓白羽與黑羽互看一眼。總覺得她們好像邪笑了一下，不知是不是貓貓多心了。

「這或許是個好主意呢。赤羽，妳偶爾也該跟我們以外的姑娘來往一下才好。」

「白羽姊姊！」

「說得是，這樣或許比較好。再說去浴殿不也是玉葉娘娘的命令嗎？」

「說得對。」

收集後宮的醜聞，要說是差事或許也算。貓貓招招手，要赤羽隨她來。

「怎麼連黑羽姊姊都這麼說……」

「既然是幫忙做差事就無法推辭了，妳去吧。」

原本保持緘默的二姊也贊同長姊的意見，似乎使得三妹無從推卻。

貓貓沉吟著，覺得有點了解三姊妹扮演的不同角色了。

「赤羽見過二位姑娘。」

赤羽神色有些緊張地說。

小蘭與子翠都對貓貓的同伴抱持著濃厚的興趣。

「哦，是貓貓的朋友啊──？」

「這可真是……」

兩人圍著赤羽團團轉。貓貓放著畏縮的赤羽不管，檢查帶來的物品。除了除毛後用來護理受損肌膚的潤膚水與絹絲，另外她原本想趁這難得的機會推銷一下向煙花巷訂購的教本，但有赤羽在不方便，就作罷了。

可能是因為兩位姊姊不在，赤羽神情有些怯弱地看著貓貓。

（差不多該伸出援手了。）

「我們走吧。」貓貓指指浴殿，小蘭與子翠都朝氣十足地舉起雙手跑了過去。

「那兩人是怎麼一回事？」

「她們不會害人的。」

（應該吧。）

貓貓只說完這句話，就尾隨兩人而去。赤羽也一邊說著「等等啦」一邊跟了上來。

今日的差事不算太辛苦，因為最近增加了幾名負責按摩的後輩。探頭往裡面瞧瞧，可以看到有其他宮女在替人按摩。

可能是發現貓貓她們得到了嬪妃打賞，有些宮女似乎產生了興趣而開始學著做。之前替人按摩的宮女大概是這方面藏得很好吧。

三人在更衣間脫到只剩一件肚兜，把用具裝進籃子裡前往浴場。這時，只見赤羽忸忸怩怩地站在原地不動。

「怎麼了？」

小蘭一臉天真地湊過來看她。

「……就穿這樣？」

「嗯，洗澡時不脫衣服會很熱喔。」

看樣子赤羽是在害羞。就在這時，子翠面露膽大包天的邪惡笑容，偷偷站到了赤羽的背後。然後她一把解開了赤羽的衣帶，扒掉她的衣物高高舉起。

「哦哦哦！」

有什麼羞於見人的呢——貓貓心想，與她齊聲讚嘆的小蘭似乎也有相同的想法。跟貓貓一樣，小蘭的胸部只有微凸。

「明明就很大啊。」

自己胸部也很大的子翠說。

「大有什麼好！明明就是小一點比較好！」

赤羽如此說道，看向貓貓與小蘭。小蘭表情變得有點生氣，連周圍幾名宮女的眼神也很凶狠。這下樹敵了——貓貓心想。

子翠似乎也感覺出了這點，拿了件肚兜給赤羽穿上。

「嗯，知道了知道了，咱們去洗澡吧。」

她一邊輕拍赤羽的肩膀，一邊催她快走。

（這下看來，她的個性可能……）

比想像中逗弄起來更好玩。貓貓一邊作如此想，一邊前往浴場。

看赤羽遮著身體就猜得出來，她似乎是來自於不太有入浴習慣的地方。這讓貓貓想起，既然是玉葉妃的同鄉，想必是西方乾燥地域出身了。水在那裡取之不易，難怪她不習慣入浴。當地可能只有蒸汽浴(三溫暖)，而沒有大型浴殿。

「姑娘之前都是怎麼洗澡的？」

沙漠地帶姑且不論，在這個地方若是不適度入浴，體臭會變得很難聞，尤其現在季節仍然炎熱，光擦身體想必是不夠的。

「兩位姊姊都是在這兒洗，但我是請玉葉娘娘恩准……」

看來她是借用了翡翠宮的浴盆。基本上來說，宮殿裡的浴堂是專供嬪妃使用。雖說有時皇帝也會使用，但只能說那不是去入浴的，總之細節就不多說了。

說到這個，貓貓想起彷彿看過幾次赤羽走向浴堂那個方向。雖說是使用剩下的洗澡水，但大概還是過意不去，所以躲著大家入浴吧。

難怪那兩位看起來忠心耿耿的姊姊會忽然改變態度了。畢竟玉葉妃都准了，她們不便強行把妹妹帶來浴殿。這時正好貓貓提出邀約，於是她們就順水推舟了。

「姑娘似乎很怕羞，但接下來沒那閒工夫讓妳忸忸怩怩了。」

貓貓一邊說，一邊用桶子舀熱水潑在身上，然後把手巾弄溼，開始清洗身體。

連露出胸部都不情願的赤羽，看到眾嬪妃一絲不掛地躺在石臺上，不知心中作何感想。由於玉葉妃基本上是個事必躬親的人，赤羽想必從來不曾看過這種場面。

果不其然，赤羽的兩眼已經開始轉圈圈了。但是貓貓沒空理她。

「來，這給妳。」

貓貓把精油拿給她。

「只要塗滿嬪妃身上就行了，這妳會吧？」

「塗……塗滿人家身上！」

「是的，請當成處理雞肉一樣塗滿。」

貓貓又小聲補充一句「這樣對方就會鬆懈下來，很容易露口風的」。

赤羽悶悶地努著嘴，怯怯地替躺臥著的嬪妃塗油。塗過的部分，由動作變得駕輕就熟許多的小蘭推拿一番。

貓貓負責除毛，這份差事不像按摩，不用天天做。因此貓貓沒有小蘭她們那般忙碌，替兩個客人處理好就閒閒沒事了。

她坐在石臺上，等著下一位客人上門時，發現了一個戰戰兢兢的人影。

（那是……）

前日貓貓也看到過她，那是里樹妃。她今天還是一樣帶著侍女長，不知怎地在那兒東張西望。

（究竟為什麼？）

上級妃的宮殿應該都有自己的浴堂才是，沒必要特地前來浴殿。

里樹妃膽戰心驚地只顧著四處張望，沒注意到腳邊有個木桶，差點絆了一跤，只能說她還是老樣子。里樹妃雖是這後宮內的四位上級妃之一，但年方十五，仍是個未受皇帝寵幸的小公主。

侍女長趕緊去扶差點摔跤的嬪妃，結果自己也跟著腳底打滑摔倒在地。就沒有更能幹的侍女了嗎——貓貓心想。但仔細想想，那裡的侍女沒一個像樣，無可奈何。

貓貓越看越尷尬，於是光著腳走到里樹妃跟前。她用洗澡熱水沖掉灑在鋪石地上的精油或類似的液體，避免她們再次摔倒。

「謝……謝謝……——！」

侍女長一注意到貓貓，立刻發出近乎慘叫的聲音。不知為何，里樹妃也是同樣的表情。

貓貓冷眼看著兩人，她們抖得比剛出生的小馬還厲害。

真想請她們別用那種見到妖怪的眼神看人。

不得已，貓貓打算回到原位，但有件事忽然間讓她在意起來。她看看畏怯的里樹妃，發現身上還有一些多餘的體毛。雖然似乎有用剃刀剃過，但刮痕一塊一塊的，有些地方剃到都發炎了。

「……娘娘想不想試試新的除毛法？」

「咦？」

貓貓的提議讓里樹妃吃了一驚。但貓貓拉著她的手走，她也沒怎麼反抗就跟了過來，所以就當她是答應了。雖然感覺她好像還在簌簌發抖，但貓貓才不管那麼多。

總之貓貓不把沒剃乾淨的地方處理好就是不痛快。

貓貓的個性就是會在意一些奇怪的地方。她催促跟赤羽一樣害羞地遮胸的里樹妃躺到石臺上，歪著嘴唇將特製精油（護膚油）塗在嬪妃身上。舉一反三的小蘭沒理會害怕的里樹妃與抓住她不放的侍女長，將嬪妃按在石臺上。

「請放心，小女子會溫柔待您的。」

說完，貓貓就盡情做完了自己的差事。

只有赤羽呆若木雞，用同情的目光看著嬪妃。

除毛結束後，里樹妃的肌膚光滑細膩，摸起來非常舒服。貓貓一時忍不住，不只手腳，還把全身上下都處理了一遍。小蘭仔仔細細地為她塗上精油護理。子翠有其他客人過來，做完了那邊的差事後被人請喝果子露，正在稍事休息，小蘭則羨慕地看著她。嗯，等會跟里樹妃要要看好了——貓貓心想。但看到嬪妃失了魂般趴在石臺上的模樣，不禁反省自己是不是有點做過頭了。

「娘娘是否不習慣這樣讓人服侍？」

貓貓向侍女長問道。

「是……是的。在宮殿裡，大家都沒有時常做這類處理的習慣，況且娘娘之前又出家了很長一段期間。」

「確實如此。」

仔細想想，里樹妃也真可憐。年紀尚幼就被當成政治工具嫁給喜愛狎玩女童的先帝，先帝駕崩後出家為尼，然後又被家人強行送入後宮，而且身邊盡是些不像話的侍女。

原本欺凌嬪妃的侍女長，現在倒變得站在嬪妃這一邊了，貓貓認為值得嘉許。難得有這機會，貓貓把侍女長的衣裳也扒光，想幫她處理處理，但是手腳還好，一碰到私密處她卻抵死不從。貓貓是覺得大家都是女子，其實不用這麼放不開的。

替里樹妃與侍女長處理完畢後，差事也差不多告一段落。貓貓穿起寬鬆的衣袍讓身體降溫。可能是基於禮貌，對方問她們要不要喝點冰涼的果子露，貓貓雖然覺得兩人應該很希望她們婉拒，但還是大方地接受了款待。小蘭高興得不得了，赤羽則是沒搞懂狀況就跟來了。

其他嬪妃有另外幾名宮女服侍，子翠則是鬼靈精地跑到外頭，讓其他嬪妃賞賜抽菸管。真是個處事機靈的姑娘。

「話說回來，兩位為何會來到這種地方？金剛宮不是也有浴堂嗎？」

貓貓在嬪妃入浴後的專用納涼處占個位子，然後向侍女長問道。

「這是因為……」

侍女長有所顧忌地看看里樹妃。里樹妃出浴後的面容紅霞已經消退不少，反倒可以說有點發青了。

「那宮殿裡的……浴堂……會出現那個。」

侍女長的臉色跟嬪妃一樣發青。

「會鬧鬼……」

她如此說道。

三話　翩舞幽魂

一得知那位態度怯弱的嬪妃是上級妃，赤羽就一臉不高興。但是都聽到那種事了，要貓貓撒手不管實在很難。

事情就是這樣——

「壬總管要召見妳。」

翌日夜晚，紅娘對貓貓這麼說。試完毒，正在喝粥當晚膳的貓貓迅速把碗收走，做好準備。一同用膳的赤羽雖然皺起眉頭，但還不至於插嘴說三道四。

聽到那件事之後，貓貓建議里樹妃他們找壬氏商量浴堂幽靈一事。貓貓不便直接替里樹妃出主意，而且赤羽也盯得緊，不可能讓她那麼做。但是貓貓知道只要透過壬氏，最後八成都會找到自己頭上。

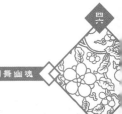

然後果不其然，事情找上門來了，但是——

（完全脫落啦。）

被帶進房間時，一股竄過的寒意讓她全身發麻。迎賓室裡有玉葉妃、紅娘，以及壬氏與高順。壬氏臉上仍然浮現著天仙般笑容，但從他那臉皮底下可以感覺到某種東西在蠢動。
貓貓只能大呼失策。
日前貓貓隨同壬氏出遊時，得知了一件不得了的祕密。
待在後宮的男子除了皇帝之外皆為宦官，但其中卻有漏網之魚，也就是壬氏這號人物。該怎麼說呢？就說他擁有尚且稱得上大的某物吧。夠了，貓貓實在覺得不堪回首。
以貓貓的立場而言，既然已經收了牛黃，她很想把整件事情一筆勾銷，但對方似乎沒這意願。壬氏眼睛呈現微笑形狀，眼神卻不帶笑意。自從離開避暑山莊後，貓貓就沒跟他好好見過一面。
「呵呵呵，不知今日總管有何請求？」
玉葉妃笑容可掬。好奇心旺盛的嬪妃遇到什麼事都喜歡過問。話說這次可是里樹妃的問題，且看壬氏打算如何向嬪妃開口吧。
「據說某位嬪妃的宮殿鬧鬼。」
「哎呀，那可真是……」
紅髮嬪妃一聽此言，兩眼霎時變得炯炯有神。身旁的紅娘按住了額頭，只差沒說「又來了」。
竟然打開天窗說亮話啊——貓貓心想。直截了當是很好，但玉葉妃這樣的人不可能不東猜西想。

「真是太教人心疼了，是哪位嬪妃呢？我得去探望探望才好。」

「玉葉娘娘，您現在的身子不適合外出。」

「哎呀？那就差人去看看好了。這樣吧，妳跟貓貓兩人過去就行了。如果妳忙，找櫻花她們去也行，如何？」

其實探望什麼的恐怕不是重點，她只是想一探究竟罷了。這樣就算隱瞞里樹妃的名諱，向赤羽一問就知道了。

壬氏應該也明白這點，卻故意隱瞞，也許是想做點小報復。

「玉葉妃，此事不便張揚，還請切勿差人探望。所以，可否請娘娘再將人還我？」

「借你倒是無妨。」

是要還什麼，又是要借什麼？自然是貓貓了。

難道又要重複一遍日前的那段對話？就在貓貓、高順與紅娘同時嘆氣時……

「不，我說的是『還給我』。還請娘娘將貓貓還來。」

說完，壬氏站到貓貓的面前，將指尖放到了她頭頂上，然後讓手指順著髮絲滑下。

「等這姑娘回來，我想您問她什麼都是沒用的。」

滑下的指尖在臉頰上遊走，先是小指，然後是無名指碰觸到貓貓的嘴唇。

「我已經仔細封過口了。」

說完，壬氏就用優雅的步履離開了房間。高順神色倉皇地尾隨其後。

其他人都被拋下，只能原地發愣。貓貓也一樣。

第一個作出反應的是玉葉妃。

「發生什麼事了？」

玉葉妃愣怔地將視線轉向貓貓，看得她如坐針氈。

後來，貓貓被玉葉妃追問了整整兩刻鐘（半小時）。貓貓除了說「都是青蛙害的」之外，什麼也無法回答。

作為把祕密帶進墳墓的代價，牛黃或許是便宜了點。貓貓稍作反省。

說是鬧鬼，但不知道鬧的是什麼鬼——貓貓心想。老實說，貓貓不信那一套。不久之前參加怪談聚會時發生過怪事，但就連那件事，貓貓也不太明白到底是不是鬧鬼。由於櫻花堅信那是鬧鬼，不得已，貓貓也就當作是如此。

就算真是鬧鬼，貓貓也不認為幽魂能咒死活人。一個人的死亡，必定有著中毒、受傷或生病等原由。她認為如果說是詛咒，那也是相信詛咒之人過度憂悶，而自己導致的心病。

就這樣，貓貓必須隨同壬氏前往金剛宮。老實說，她覺得不需要壬氏親自出馬，交給高順或是哪個僕人就夠了，但或許是不便如此吧。

兩人抵達栽種著南天竹的宮殿時，只有侍女長一人出來迎接。但周圍其他宮女一發現壬氏也來了，就立刻擺出一副楚楚可憐的樣子拍掉衣裳上的灰塵，撫平頭髮在宮殿的玄關列隊相迎。

壬氏含笑看著她們這副模樣。

貓貓差點想用狐疑的眼光看向壬氏，但高順用一種菩薩般的眼神看著貓貓。自從避暑山莊一事以來，大概高順也知道壬氏的樣子不對勁吧。他時常找機會向貓貓探問，但她不知道能講多少細節，總是含糊帶過。

假若壬氏不是宦官，不曉得高順知不知情？還是說……高順其實也不是？

貓貓一面心想「多想無益」，一面走進了金剛宮。

臉色鐵青的里樹妃，一見著壬氏就羞紅了臉，然後一進入正題臉色又發青了。好懂到有趣的地步。雖說是別處的嬪妃，但四夫人之一居然是這樣的人，實在讓貓貓很不安。

（就某種意味來說，說不定也是考慮到這點才沒臨幸。）

貓貓想像了一下皇帝深思熟慮的模樣，但最後的結論是應該跟那無關，就只是因為胸部不夠大所以不動心罷了。里樹妃的胸圍離三尺（九十公分）還遠得很，甚至比貓貓更小。

「這邊請。」

侍女長代替臉色鐵青的嬪妃說明。其他還有一窩子的侍女跟來，但每個好像都只是想巴著壬氏不放，老實說很礙事。假如用文人雅士那套來形容，或許會稱之為蝴蝶戲花吧。但是想到嘰嘰喳喳的侍女，貓貓只覺得像是引來一堆蒼蠅的魚頭。

（假如這廝並非宦官的事情走漏風聲……）

啊，真是不堪設想。

趕快剪掉不就得了？貓貓一邊心生粗俗念頭，一邊踏進浴堂。壬氏及貼身宦官稍稍停下了腳步，不過平素都是宦官送來熱水，進去想必也不成問題。

「就是這兒。」

侍女長站到更衣室門口。里樹妃膽子小，停在稍遠的位置。

「娘娘說她從這兒看見了奇怪的人影。」

侍女長從更衣室的窗戶輕輕指了指裡頭。那裡空無一物，只看得見白色牆壁。窗外與一處沒放東西的雜物間相連。她說那扇窗戶平素會放下竹簾，但那時碰巧是掀起的，嬪妃就這樣不小心看到了外面。

「看見的是什麼樣的人影？」

貓貓看向了緊緊抓住裙裳低著頭的嬪妃。她那舉動稚氣未脫，感覺不到半點貴為嬪妃的威嚴。

而且，還有一群人落井下石。

「您怎麼還在說這種話？」

侍女之中的一人尖著嗓子說。

「里樹娘娘就是喜歡這樣吸引大家的注意。哪有什麼大不了的，一定是看錯了吧？」

她趾高氣昂地走上前來，還若有似無地對壬氏拋了個媚眼。畢竟是後宮宮女，相貌五官相當標緻，但有著一雙潑辣的眼睛。畫上的眼線更是強調了這點。

「竊以為本來侍女長應該加以勸誡才是。」

該名侍女長吁一口氣，搖搖頭。

周圍侍女都跟在她身後，表示順從她的意見。侍女長見狀，無處容身似的縮起了身子。

（哦，原來如此。）

這個高高在上的侍女大概是前任侍女長吧。地位被一個試毒侍女搶走，一定覺得很不甘心。酸言酸語個一兩句想必是家常便飯。

壬氏似乎也看穿了這點，微微一笑之後，往那個高高在上的侍女靠近一步。

「確實如此。不過，聽嬪妃說話也是我的職務之一，請別搶了我這份差事。」

被他用甘露般的嗓音如此呢喃一番，侍女也只能羞紅著臉點頭。由於後宮裡的宮女大半是處子之身，對男子的反應非常好懂，有趣得很。壬氏又喃喃自語表示想喝茶，藉此收到屏退旁人之效。侍女爭先恐後地去沏茶了。雖然早有其他侍女備好了茶，但她們大概壓根兒不在乎吧。壬氏真是熟悉此道。

「那麼，能否請娘娘說與我聽？」

在壬氏如此安撫之下，里樹妃躺到羅漢床（沙發）上，這才終於開始娓娓道來。

○●○

那天，我就像平常一樣入浴。其實我喜歡涼一點的熱水，但侍女總是準備比較燙的熱水，所以我每天都會等熱水涼一點，到了稍晚的時刻再洗。

之前我就隱約有感覺，侍女似乎不是很喜歡我。自從住過尼庵以來，我洗澡都是一個人洗的，所以即使獨自入浴也沒人會有意見。只有在更衣之時，河南……呃呃，就是侍女長會幫我的忙。

那時我洗過澡，走進了更衣室。我擦拭身體，覺得有點熱所以掀起了竹簾。雖然窗戶關得很緊，沒多少風吹進來就是了。

但就在那時，我看見了一個輕飄飄地搖動的東西。起初我以為是窗帘被風吹動了，但不是這樣。在我洗澡之前窗戶是緊閉著的，既然這樣，應該不會有風吹來才是。

可是那東西卻在搖動，然後我看見了窗帘後面的東西。

一張圓圓的臉朦朧地浮現，輕飄飄地搖動，將窗帘當成衣裳在跳舞。

那張臉微笑著，一直盯著我看。

○●○

回想那件事似乎喚醒了里樹妃的恐懼，她在羅漢床上抱住自己的雙肩發抖。侍女長河南輕撫她的身子，讓她平靜下來。

（之前明明還那樣欺負她呢——）

貓貓一邊佩服一個人能有如此大的轉變，一邊啜茶。壬氏請人沏的茶等半天都沒來，似乎是那些侍女在吵著要讓誰端。

茶點是杏仁酥，精緻入時。這種點心口感較硬，而且似乎能久放。貓貓偷瞄河南幾眼，期望著能帶一點回去。

「會不會是那附近有人在？有沒有可能是把哪個宮女看錯了？」

壬氏確認，里樹妃與河南都搖搖頭。

「河南也在附近，聽到我的叫聲立刻就趕來了。然後，河南也看見了同一個幽魂。」
於是河南雖然害怕，但為了確認幽魂的真面目，而接近了那張圓臉的主人。然而——
「幽魂忽然消失不見了。當然四下沒有任何人在，窗帘也好像什麼事都沒發生過似的不再飄動了。窗戶也沒開，而且那也不是個通風的房間。」
哦——貓貓雙手抱胸。她看看里樹妃指出的位置。
但是，她覺得這個房屋格局很怪。怎麼會有人將雜物間設置在浴堂前面？
以翡翠宮或水晶宮來說，浴堂另設於獨立樓房，並且將浴堂隔壁的房間布置成出浴後可供放鬆休憩的空間。
至於金剛宮，浴堂並未獨立於宮殿外，但要作也不該作雜物間，應該設置個休憩用的空間才對。
貓貓想偷瞄壬氏一眼，但隨即改變主意，看看高順。高順露出有些困擾的神情看向壬氏。壬氏比了個手勢，像是在說「想問什麼但問無妨」，於是貓貓開口問道：
「這兒原本就是布置成雜物間嗎？」
貓貓感覺似乎還有其他問題該問，但決定想到什麼就先問什麼。
「不，之前不是雜物間。」
「那麼，怎麼會變成雜物間呢？」

「這是因為……」

河南站起來，有些不好意思地走進浴堂前的雜物間。她指指堆積起來的物品以及架子給他們看。

貓貓湊過去仔細地瞧。

「哦，原來如此。」

牆上長了一塊塊的黑斑，仔細一瞧就能看出是發霉。霉菌似乎已經生了根，擴大到這種地步，恐怕再怎麼刷也刷不掉了。

可能是因為浴堂就在近旁，容易累積溼氣吧。但是翡翠宮或水晶宮都沒有這種情形。換作是翡翠宮的侍女，應該會查明原因然後想辦法根除霉菌，但是想要求此處的侍女做到這點恐怕很難。真要說起來，像翡翠宮那樣有侍女勤快打掃宮殿才叫奇怪。看來她們這兒秉持著「眼不見為淨」的理念，看不順眼改成雜物間遮起來就是了。

話說回來，有些地方已經不只是發霉問題了。牆壁按起來軟綿綿的，說不定連地基都腐爛了。

「這棟宮殿的屋齡應該不算老吧？」

「是的，是里樹娘娘進宮時建造的。」

才建造幾年就會變得這麼軟嗎？貓貓皺起眉頭。然後她發現腐爛的部分旁邊有扇窗戶。

里樹妃說過會搖動的窗帘就在這裡。
「……」
貓貓撫摸著下頷，接著走向浴堂。她穿過更衣室，探頭看看檜木浴盆。
「……找到了。」
她忍不住喃喃自語了一句。浴盆底下有個圓形小洞，浴盆旁放著塞洞用的栓子。這個洞想必是通往水道了。善加利用古老水道的後宮，在這方面相當便利。
貓貓在腦中畫出浴室與雜物間的平面圖，然後發揮想像力加上水道的流向。
「里樹娘娘。」
她稍稍瞄了嬪妃一眼。
「娘娘那一天，是否不慎拔掉過浴盆的栓子？」
聽到貓貓此言，里樹妃直眨眼睛。
「妳怎麼知道的？」
果然——貓貓心想。然後她邁著大步，走向方才長滿霉斑的牆壁。接著為了看看腐爛的地板，她想推開旁邊的架子。貓貓一個人的力氣推不動，因此體貼的高順立刻過來代勞。
原本放著架子的位置，地板已經軟爛到一施加體重好像就能踩穿似的，而且與牆壁之間產生了隙縫。

「能否請人拿平面圖確認一下，這下面是否有水道通過？」

高順又一次迅即對貓貓的詢問作出反應。他吩咐另一名宦官跑腿，很快就把金剛宮的圖樣拿來。

果不其然，地板底下有水道通過。

「假如有熱水通過正下方，然後水蒸氣從這裡外洩，此處的牆壁自然容易腐爛了。然後，假若水蒸氣從這條隙縫冒出，不用開窗也會有風。」

窗帘就是這樣才會搖動。

里樹妃驚訝得嘴巴都合不攏，但似乎是又想到了另一點，睜大眼睛說：

「那……那麼，那張圓臉又是怎麼回事！」

貓貓摸摸下頷沉吟片刻。她確認一下窗帘的位置與推測臉孔出現的位置，然後從那個位置轉身看看四周。

背對牆壁面朝斜前方，會看到一只架子。然後貓貓發現，架子上擺了個蓋著布的東西。她靠近過去把布拈起來看看，只見底下是一面銅鏡。雖然擱置在雜物間裡，但是磨得亮晶晶的，光亮如新。

「那是……」

「怎麼了？」

里樹妃低下頭去。

「那是我的寶貝，妳拿的時候可以小心點嗎？」

貓貓並不打算弄壞它。她不再碰鏡子，只用眼睛仔細觀察一番。鏡面大概就跟人臉大小差不多。

「這是從何時開始擺在這兒的？」

「這鏡子我以前常用，只是自從使節送來了鏡子，就把它擱在這兒了。」

使節帶來的穿衣鏡，不但能照出全身，而且比銅鏡清晰好幾倍，非常好用。也難怪她會把以前使用的銅鏡收起來了。

「但娘娘還是每天磨它呢。」

銅鏡很快就會失去光澤。這面鏡子這麼漂亮，想必是天天擦過。

里樹妃有些落寞地看著鏡子。貓貓感覺比起收下的鏡子，她似乎對這面銅鏡有著更深厚的感情。

「難得有這機會，不妨再來照一次這面鏡子如何？」

說完，貓貓用布包著鏡子拿起來，交給了里樹妃。

「小女子以為在明亮的地方，照起來會更清楚。」

貓貓說完，掀開了窗帘，讓外頭的光線照進來。磨得亮晶晶的鏡子反射出耀眼光芒。

「像這樣拿著，或許照起來會更好看。」

貓貓轉動了嬪妃攬鏡的方向。光線照到鏡子表面，反射在白色的牆壁上。

「！」

剎那間，在場所有人都睜大了眼睛。

牆壁上映照出一個光亮的圓，裡面有一副面露柔和笑容的女子容顏。

「這是怎麼回事？」

第一個出聲的是壬氏。他凝視著牆壁，只差沒說「真不敢置信」。

（原來是這樣啊——）

「小女子有聽說過一種物品叫魔鏡，但這回是初次親眼目睹。」

正如其名，這是一種只要放在光源下，就會映照出圖案或文字的神奇魔鏡。據說在製作銅鏡之際如果鏡面凹凸不平，就會像這樣映照出某些圖案。也有人稱它為透光鑑。此物雖然歷史古老，但聽說製作起來需要高度技術。

貓貓的養父羅門除了醫學、藥學之外，對其他領域也有著淵博的知識。貓貓從小就聽他講過許多有趣的故事，這也是其中之一。

磨亮的鏡子經過從窗戶縫隙流入的月光一照，在牆上映出影像。那天想必是蓋在鏡子上的布碰巧掉了，而映照出這張臉來。

許多偶然重疊在一起，就這樣被錯當成了幽魂。

「……這張臉……」

里樹妃淚如雨下。她吸著鼻子，也不顧眼淚撲簌簌地掉下，看著那個影像。

「有點像我過世的娘。」

里樹妃緊緊抓住銅鏡，把嘴唇彎成「ㄟ」字形，鼻水直流。雖然老實說，她這副模樣沒有半點身為嬪妃的威嚴，但貓貓覺得這是里樹妃的真情流露。儘管成為四夫人之一，貴為上級妃，但這個年紀的姑娘本來應該活得更輕鬆自在才是。

貓貓明白她為何如此寶貝這面鏡子了，這很可能是她娘親的遺物。也許是想表示即使遠在後宮，娘親仍然陪在她的身邊吧。

貓貓不懂母親是什麼樣的存在。不過她心想，對於這位嬪妃而言，娘親一定是值得仰慕的對象。

里樹妃一邊難看地流鼻水，一邊把銅鏡緊擁入懷。雖然映射在牆上的人像消失了，但那笑容想必還留在她的眼底。

「娘是不是因為我換了鏡子，生氣了呢？所以才會顯靈……」

「只是重重巧合罷了。」

貓貓冷淡地說。

「聽聞娘生前最喜歡跳舞了。娘生下我之後弄壞了身子，不能再舞，後來就這麼死了，也許就是因為這樣，才會化作幽魂繼續跳舞吧……」

「幽魂什麼的都是無稽之談罷了。」

里樹妃似乎沒把貓貓冷漠的言詞聽進去。河南拿出手絹，幫嬪妃擦擦滿臉的鼻水。

這時傳來一個聲音，破壞了這有些傷感的氣氛。

「茶水備好了。」

可能曾為侍女長的女子，似乎在激烈的競爭中拔得頭籌，端著芬芳的香茶與茶點過來。

她先是笑容可掬地侍奉壬氏喝茶，然而看到哭哭啼啼的里樹妃，臉色歪扭了一下。不過她隨即恢復笑容，慢慢走到嬪妃跟前。

「里樹娘娘，您這是在哭什麼呢？當著眾人的面這樣太難看嘍。」

勸諫嬪妃的模樣，看起來就像是個敬重主子的侍女。但貓貓早從許多地方看出了這個侍女的本性，事到如今可不會上她的當。像這樣在男子面前惺惺作態，在其他地方卻頻頻現出本性，就跟三流娼妓沒兩樣。

而這種女人，不知怎地總是最容易觸到別人的逆鱗。

「哎呀，您還留著這面鏡子啊？」

侍女看著銅鏡說。

「難得有使節大人送您的鏡子，這個就不要了吧。不妨賞賜給哪個下人如何？」

說完，侍女從里樹妃鬆開的手中搶走銅鏡。她瞇眼看著銅鏡，似乎在估計它的價值。恐怕是她自己想要吧。

「……我。」

只聽見一陣蚊子叫般的聲音。聲音來自縮成一團的里樹妃，但拿走鏡子的侍女沒注意。她只是一副得到戰利品的滿意神情，看看銅鏡後將它收進懷裡，然後準備繼續為壬氏奉茶。

「還給我。」

里樹妃伸出了手，然後拉住侍女的衣袖。

「您這是怎麼了？」

「還給我！」

里樹妃扯著侍女的衣襟，硬是搶走銅鏡。這個舉動讓侍女愣在原地。隨後過來的侍女也看到了這個場面，無不皺起眉頭。

「當著客人的面前，這樣成何體統？」

又是哭得一把鼻涕一把眼淚，又是強行把東西搶走，假如光看這兩點，會覺得錯在里樹妃。怎麼看都只像是嬪妃亂鬧脾氣。

但是，其他侍女也就罷了，貓貓或壬氏等人把整件事都看在眼裡。壬氏有了動作。

「那鏡子似乎是娘娘的寶貝，沒問過一聲就拿走也有不對。」
壬氏講話口氣溫和有禮，但確實隱藏著責難之意。
他站到整理衣襟的侍女面前，然後伸出他的大手。侍女羞紅了臉，但那手停在只差一點就要碰到侍女頭髮的位置，拔掉了插在上頭的簪子。
美麗的簪子上刻著精巧的雕飾。壬氏瞇起眼睛，看看上面的紋飾。
「這也是娘娘賞賜給妳的嗎？就算是如此，區區一個侍女也不配配戴附有上級妃紋飾的飾品，這個道理妳難道沒學過嗎？」
口氣彬彬有禮，表情也保持笑容。正因為如此才更可怕。
侍女從沒把里樹妃放在眼裡，這事壬氏也心知肚明。之所以不曾公開處理，是因為這會造成里樹妃顏面盡失，而且逾越了宦官的職分。
不過，只要像這樣有了物證，就能插手干預。正可謂小懲大誡。
「今後還請妳弄清楚自己的分寸，切勿做出踰矩的言行舉止。」
壬氏面露極美的笑容說完，侍女當場虛軟地跌坐在地。隨後過來的侍女似乎也各自感到心虛，臉色鐵青。
（哎喲，有夠可怕。）
看到壬氏若無其事地開始啜茶，貓貓由衷作如此想。

四話　傳聞中的宦官

尚藥局裡，小貓毛毛纏著庸醫的腳不放，討小魚吃。在這一如平素地門可羅雀的地方，貓貓正在清查有無可用來調製麻藥的藥草。

一回到後宮，貓貓立刻向庸醫請教宦官去勢的詳細方法。她曾聽阿爹講過比較籠統的方法，但那樣還不夠。貓貓本以為可以問到更多詳情，然而庸醫就是庸醫，提供的細節不比阿爹多。

「小姑娘，妳還在弄啊？」

庸醫嘟著嘴，用一副軟弱無力的表情說。拿在手上的小魚被毛毛的貓掌一拍，輕易就被搶走了。可能是飼料吃得好，牠的毛皮變得光澤亮麗，肯定能成為上好的毛筆材料，但貓貓遭到庸醫與高順阻撓，還沒機會拔牠的毛。

「反正現在不會再招宦官了，查這些有什麼用呢？」

庸醫目光略略飄遠地說道。大概是有過慘痛的經驗吧。

無意間，貓貓想到了一件事。

「宦官都是如何進入後宮的呢？」

對於貓貓這個問題，庸醫一邊用狗尾草逗毛毛玩，一邊回答：

「哪還有別的方法，就是動刀閹割啊。」

「不，我不是這個意思。」

她是說如何判斷一個人是否為宦官。

「這個嘛，以前只要持有受過手術的憑據就進得了，不過現在嘛……」

庸醫有些害羞地紅著臉低下頭去，純情到這種程度跟里樹妃有得比。

「該怎麼說才好？就是觸診，用這種方式確認有無。」

「抓抓看嗎？」

「妳講話太白了啦，小姑娘。」

庸醫用傻眼的語氣說。

他說以前沒人會造假，但現今舞弊橫行，所以就開始檢查了。

「有時會偽造憑據，或是找人頂替。因為有些人會收點小賄賂。」

他說朝廷會派總共三名不同官署的官員檢查。又說以前還會要求眼見為憑，然而這讓某些官員開始有點心猿意馬，便取消了。

（奇怪？）

貓貓偏著頭，看看庸醫。

「是只有第一次才這麼做嗎？」

「基本上每次出入後宮都會做喔。不過如果雙方熟了，就會直接放行。」

「……」

貓貓偏著頭，看看麻藥。

（該不會……）

不不不。就在貓貓搖頭否定時，庸醫放開小貓，提出了不同的話題。

「講到宦官啊，妳聽說新進宦官的事了嗎？」

「有聽過傳聞。」

「嗯，好久沒有年輕人來了，所以大家好像都歡天喜地的呢。」

庸醫捻著八字鬍，長吁了一口氣。本來成為宦官之後應該會失去雄性特徵，但偶爾有些人會像庸醫這樣留下鬍子。這大概是庸醫唯一能引以為豪的部分吧。

年輕姑娘……特別是黃花閨女很多都有潔癖。比起體毛過分濃密或是仗勢欺人的男子，有些女子會更喜歡像宦官這樣的中性之人。

「這次來了許多俊俏小生，所以鬧得更大了。現在他們還在後頭幫忙所以不打緊，等到比較能幹的受到拔擢就更有得鬧了。希望在那之前能平靜下來就好。」

庸醫自己明明每次壬氏一來就心浮氣躁的，還好意思說別人。不對，聽他對那些人的長相表示了感想，可見八成早已作過了確認。

「上次有人在準備燒洗澡水時還被下級妃纏上，好像很困擾啊。」

「那可不能視若無睹了。」

雖說是下級妃，但應該是不曾得到皇帝臨幸的嬪妃吧。偶爾會有這種獨守空閨寂寞難耐的人，在後宮並不稀奇。少數嬪妃將宮女或宦官當成偷情對象恐怕是難免的事。

那可真是難解決了——貓貓一面心想，一面開始收拾藥草。

○●○

「您打算何時才要告訴她？」

這話不知聽過幾百遍了。壬氏半睜眼睛看著眼前的隨從。

「過些時日再說。」

「哦，過些時日是多久時日？」

高順站在書房公案的旁邊，神色自若地看著壬氏。雖然眉頭緊鎖，但這是他的常態。

「微臣明白您會緊張，但您態度太露骨，反而顯得怪裡怪氣了。」

「……其他宮女的話，那樣就夠了。」

「小貓看您的眼神，可是像看到丟了殼的蝸牛一樣喔。」

換言之他是想說蛞蝓嗎？

「……囉嗦。」

壬氏看著文牘，分成可行與不可行，然後一一蓋印。

書房裡除了他倆再無旁人。外頭想必有個武官邊打呵欠邊看門吧。只要有人接近，他們馬上就會知道。只有在這樣的場合，高順才會談起這種事情。

「孤明白。」

壬氏用力蓋上印章，把累積起來的紙堆塞給了高順。高順無言地將紙堆弄整齊，擺進讓屬吏搬運的籠子裡。

「不早點決定，日後怕會徒增麻煩。」

「早點決定才會有麻煩吧？」

高順在想什麼，壬氏清楚得很。高順似乎是在叫他將那藥師姑娘——貓貓徹底拉進自家陣營。而這樣做就表示——

「軍師閣下一定會插嘴的。」

都能想像那個寵女兒的單眼鏡跑來管東管西的樣子了。那個男子就連皇帝都對他另眼相待，可說是個高深莫測的人物。
「您必須以毒攻毒。」
高順淡定地陳言。
羅漢此一男子在宮廷內立場尤其特殊。他身居太尉高職，卻不加入任何黨派，也不自立黨派，滑頭滑腦的軟硬不吃。換作是一般人早就惹個樹大招風了，這人卻安然無恙。
男子十數年前從親爹與異母弟弟手中奪得家長地位，成了羅家之主，是個名不虛傳的修羅之徒，憑著他的異才平步青雲。
想必一定有很多人將他視為眼中釘，也聽說想搞垮他的人不計其數，但最後勝出的總是羅漢。意圖謀害那個男人的人，不是燙著了手就能了事，其中甚至有人被逼迫到妻離子散的地步。可怕的是縱然對手身分地位更高或血統高貴也無濟於事。
壬氏猜不透那個男人腦袋裡的思維。只是，那個男人看得見別人看不見的某些事物，而且能藉此編寫出讓對手萬劫不復的腳本。
因此宮廷內有了一種潛規則：切勿貿然與羅漢接觸。只要自己不主動出手，就不會惹禍招殃。
而「切勿接觸」同時也代表著「不可拉入自家陣營」。
「會把文牘弄得油膩膩的。」

壬氏想起羅漢毫不客氣地把滿是豬油的點心留在案上的模樣。

「就忍忍吧。」

高順眉頭的皺紋多了一條。

老實說，壬氏不喜歡這種作法，但考慮到今後的事，他仍然想向貓貓坦白一切。不談血統問題，只想讓她知道真相。

自己為何居於現今的職位，又為何極力隱瞞真面目？

壬氏很想讓她知道這些，但同時也有點怕看到她的反應。

「……」

壬氏長吁一口氣之後，決定繼續處理下一份公務。這一份是後宮內的公務，主要是嬪妃修書送來的請求。

壬氏拈起箱子裡的文牘，神情歪扭起來。

「這次好像特別多。」

「是，似乎就是平時那件事。或許還有與日前一事相關的問題吧。」

文牘已經拆封過了，應該是高順或其他官員事先作過了確認。

壬氏打開第一封書信，略為過目後，拿起了第二封，然後是第三封、第四封。一封封看下來，不知不覺間姿勢變成靠著椅背，仰望著天花板用手指按住眼睛。

內容有一半都跟四夫人中的樓蘭妃有關。至於內容則是宮女比其他嬪妃多出太多，服飾過度華麗有損後宮觀瞻等等，之前就常有人提出這類一半出自妒嫉的怨言，舊話重提罷了。

至於除此之外還來了什麼書信……

就是有人舉報一些宮女對新進宦官暗送秋波。

「這是預料中的事了。」

「正是。」

新進來的宦官都派去後頭做事了。差事內容大多是燒洗澡水或洗衣等不起眼的力氣活。由於相較於宮女人數，宦官人數一年比一年少，因此都優先派往這類需要勞力的部門。壬氏有在考慮今後依據適性將他們調往其他部門，不過畢竟原本是邊疆民族的奴隸，行事必須慎重一點。

他認為宮女的熱情遲早會消退，但基於義務還是得稍加注意。

「真是麻煩。」

「您就認命吧。」

壬氏一邊如此跟高順談話，一邊把書信處理完畢。

事情就是這樣，於是翌日，壬氏來到了後宮，為的是看看新進宦官情況如何。

無論是負責洗衣還是燒洗澡水的下人，用的都是井水。壬氏一邊向勤奮幹活的管事詢問新進人員的情況，一邊環顧四下。

這兒有五名像是新進來的宦官，由於部門尚未決定，因此繫著白色衣帶。也許因為是奴隸出身，年紀雖比其他宦官來得輕，臉色卻疲憊不堪。他們身體線條較纖細，可能是受到邊疆民族奴役造成的遺害。舉手投足看起來有些膽怯，是因為長久以來自由受限的關係。

目前皇帝及壬氏都希望能減少後宮的人員數量，但同時也需要考量到這方面的問題。一度遭到去勢淪為奴隸之人，即使重獲自由也很難安身立命。讓他們在後宮任職，就某種意味來說或許是最適當的做法。

壬氏看著這些新進宦官，心中恍然大悟。其中一名新進人員五官生得相當端正，雖然有著宦官常見的中性容貌，但臉頰瘦削為他帶來了幾分英氣。只是幹活時，看起來似乎在護著左手。

「那人是怎麼了？」

「過去似乎受過嚴厲責打，說是身體左側痲痺了。」

又說除此之外，身上似乎有著悽慘的傷痕，因此也不太喜歡露出肌膚。

「是嗎？」

若是如此，那麼浴堂汲水的工作就不太適任了。此人力氣小，做事比其他宦官慢，而且相貌引人注目，不適合在人比較多的南側當差。

「話說回來，還真是個萬人迷啊。」

「是，他的腦袋似乎挺靈光的，很懂得顧慮宮女的心情。」

壬氏看見幾名宮女站得遠遠地在說話。

高順盯著壬氏瞧。

「做什麼？」

「您還好意思說人家？」

高順語氣略帶不滿地說。

仔細一瞧，不知不覺間壬氏周圍也亂糟糟地圍了一群宮女。由於她們含情脈脈地看著壬氏，於是壬氏對她們微微一笑之後逕自走向宦官身邊，表現出自己正在當差的態度。

壬氏走到新進宦官的身邊時，他們被前輩宦官戳了一下才終於鞠躬致意。看看從衣袖裡伸出的手，會發現每一雙手都很粗糙。而且還看到了好幾條疑似鞭痕的腫起紅斑。怪不得不想露出肌膚。

壬氏雖然注意到這些，但不能作出反應。他只對宦官說些勤快幹活就有機會昇官的老套慰勞話，然後就準備離開。但就在這時……

只聽見砰啷一聲。

壬氏心想發生了何事，轉頭看向聲音的來處。只見一名臉色發青的宮女嚇傻了站在那兒，旁邊一名漲紅了臉的宦官正在對宮女咆哮。一旁有輛翻倒的板車，用稻稈與布小心包好的冰塊直接碰到了地上。

那想必是為嬪妃送來的冰塊。現在這個時節，冰窖裡冰塊已經所剩不多，原本就珍貴的東西變得更加寶貴。

壬氏覺得那個嚇壞的宮女似乎在哪裡見過。正在思索時，另一名宮女跑了過來。他跟那個瘦小而不愛理人的宮女很熟。

原來那宮女是貓貓的朋友，難怪感覺有些眼熟。

壬氏思考著該怎麼處理此事的同時，決定先靜觀事情如何發展。

五話 冰糕

貓貓記得聽說過小蘭比自己小兩歲。這姑娘雖是被雙親賣進後宮，卻沒有半點陰沉的性情。可能因為出身於貧窮農家，面對食物……特別是甜食特別貪嘴，看到點心是有多少吃多少。她擔心將來沒飯吃，思考離開後宮之後如何謀生，除了學習寫字，也到處尋找求職的門路，是個頗為堅強的姑娘。

只是，可能因為年紀還小，做事有點毛毛躁躁。

也許是在浴殿得到了哪位嬪妃的歡心，人家送了她一支小簪子。雖然只是微不足道的小事，卻讓收到一條髮繩都能高興半天的姑娘開心得快要飛上天。她一直開心到剛才，一時忘了看路就往前跑，結果不巧撞到了停在那裡的板車。

於是事情就變成這樣了。

「妳要怎麼賠我！再去搬冰塊已經來不及了！」

搬運冰塊的宦官尖著嗓子叫罵。搬運的東西悽慘地灑了一地。

「醜話說在前頭，這可不是洗洗矇混過去就沒事了！」
「對……對不……」
小蘭想說對不起，但被宦官一連串的罵人話打斷。她臉色慘白，全身都在發抖。
也許有人會覺得不過是冰塊罷了，但現在還是蟬聲唧唧的季節。每逢冬天就會有專人將冰塊存入建造於涼爽山區的冰窖，到了炎炎夏日再切塊取用。光是現在地上這摔壞冰塊的價值，就能買下一個人了。
「啊，這下要我怎麼辦啦！」
貓貓明白對方發怒的原因。雖然應該不至於判絞刑，但可能不免要吃頓鞭子。宦官氣急敗壞地扯下頭巾，扔到了地上。
其間，冰塊仍在不斷融化。貓貓坐到地上，用布與稻稈把冰塊包起來。
「請問是哪位嬪妃要的？」
貓貓抱著一線希望向宦官問道。
不是每位嬪妃都能準備這麼大的冰塊。若不是四夫人，八成就是家境富裕的中級妃。
「是樓蘭妃啦。」
貓貓頓時垂頭喪氣。如果是其他上級妃或許還有辦法求情，竟然偏偏是樓蘭妃。
也就是說行事招搖的樓蘭妃，打算邊吃冰邊悠閒地乘個晚涼了。絕對不能將沾過泥土的東西獻給這樣的貴人。

（至少幸好子翠與赤羽不在。）

兩人今天都另有要事，沒來浴殿。性情處變不驚的子翠還好，假若赤羽跟她們在一起，說不定會鬧得更凶，把情況弄得愈加混亂。

（該怎麼做……）

這錢她們賠不起，最可怕的是觸怒上級妃。如果有東西能拿來代替冰塊就好了，只是不知道自己能不能準備得來。

貓貓看看摔碎的冰塊。掉在地上的冰塊就算洗乾淨也不能拿來吃。

不過——

「這冰塊要如何處理？」

貓貓拿著用稻稈包好的碎冰塊說。

「隨妳的便吧。」

「知道了。」

宦官似乎是氣到七竅生煙了，一直在扯頭髮想藉口。掉在地上的冰塊一樣很有價值，擺著任它融化太浪費了。

小蘭依然臉色發青，呆站原地。恐怕是一想到會受到何種懲罰，就嚇得六神無主了吧。

貓貓搔搔鼻頭。雖然有冰塊，但已經不能用了。

既然如此——

「恕小女子斗膽，請問能不能準備別的東西代替呢？」

「啊？妳在說什麼啊？」

宦官瞪著貓貓，好像在說「妳如果辦得到就試試看啊」。

「公公剛才說過這冰塊可任憑小女子使用對吧？小女子會準備另一種東西來代替，屆時能否請公公將小女子準備的東西送去給樓蘭妃呢？」

不管是哪種形式，總之我得到你口頭承諾了。貓貓一邊作如此想，一邊揹起冰塊。

宦官目光多疑地看著貓貓。他很難信任貓貓，但也不願就這樣等著挨鞭子。看來他是任何一點微小的希望都想抓住。

「娘娘要求再過半個時辰（一小時），就要看到點心。」

「半個時辰……」

不曉得能否勉強趕上；不，更重要的問題是材料能否湊齊——貓貓如此心想。

這時，她與一位笑得優婉閑雅的人物對上了目光。姿容俊美的那位貴人混雜於聚眾看熱鬧的宮女以及宦官之間，悠哉地看好戲。旁邊站著表情難以言喻的高順。

壬氏的神情分明是在微笑，看起來卻非常地不安好心。

貓貓咬咬嘴唇，但也瞄了小蘭一眼。繼續待在這裡也不是辦法，能利用的東西就要利用。貓貓無奈地下定決心，拉起了小蘭的手。

離開原處後，小蘭可能是原本緊張的情緒終於潰堤，抽抽搭搭地哭了起來。貓貓將她交給庸醫照顧，站到正好待在尚藥局門口的壬氏面前。

「有事找我？」

「能否讓小女子借司膳房一用？還有，懇請再借小女子一些材料。」

「這麼多任性要求啊。」

壬氏故意講話吊人胃口。貓貓沒那閒工夫跟他混，再不快點冰塊都要融了。

「妳有辦法報答我嗎？」

「小女子沒有什麼好東西值得獻給壬總管，只能求總管答應商借。」

這樣講未免想得太美了，搞不清楚分寸也要有個限度。可是，貓貓計較不了那麼多了。

「又不是妳捅出的漏子。」

「的確不是。」

要對小蘭見死不救很簡單。貓貓之前只不過是覺得小蘭這個宮女可以提供小道消息才跟她來往，而且每次都有帶點心當謝禮，應該互不相欠才是。

是小蘭不好，誰叫她走路不看路。
（可是……）
「這樣小女子會睡不好覺。」
貓貓誠實地回答。沒有其他理由了。
壬氏先是表情愣了一下，接著低下頭去，發出了低沉的笑聲。
「說得也是，會睡不好覺呢。」
「是，會影響到當日差事的。」
「那可不行。」
壬氏笑著說「既然這樣」。
「我有個條件。」
「什麼條件？」
「以後要把我說的話聽完。」
聽他竟然只要求做到這種理所當然、平凡無奇的常識，貓貓偏偏頭。
「這樣就行了嗎？」
「是誰連這都做不到？」
被他如此反問，貓貓不解地偏頭。

她感覺壬氏的臉部肌肉似乎抽動了一下。

「是嗎？那好吧，我再開另一個條件。要讓妳做什麼好呢？」

壬氏低垂的臉上覆蓋著一層陰影，讓貓貓有種很不祥的預感，但眼下沒有其他人能即刻伸出援手了。她也想過是否能請玉葉妃幫忙，但對方是樓蘭妃。考慮到今後的問題，拜託立場算是中立的壬氏才是上策。

（他會叫我做什麼？）

貓貓輕輕搖頭。髮繩可能是被搖鬆了，輕飄飄地落到了地板上。壬氏盯著它瞧。

「妳不插簪子的嗎？」

「怕妨礙做事。」

「翡翠宮的宮女也要當差，但好歹都有打扮一下啊。」

他這樣說也沒用，貓貓手邊的飾品有限。只有便於使用的髮繩，以及前次遊園會收到的簪子或首飾……

「我應該有給妳一支才是，妳總不會把它賣了吧？」

「小女子沒賣。」

（目前還沒。）

貓貓是想過找個機會賣掉，但苦無機會。看來壬氏是叫她不准賣。

「那麼，妳就插著那個來見我。」
「……這樣就行了？」
「不行嗎？」
還以為壬氏要提出什麼難題，若是這麼簡單的事情倒還無所謂。
「只要妳插著它來了，我就告訴妳。」
壬氏自言自語般地小聲說。然後他把臉朝向貓貓。
「我立刻讓人準備，妳快跟過來。」
說完，壬氏轉過身去。小蘭哭到眼淚流乾，一吸一頓的。貓貓一邊拍她的背，一邊跟著壬氏走。

司膳房正為了準備晚膳而忙得不可開交，但總算是借到了一個角落。此處正準備要為眾多宮女作飯，能有空著的爐灶可用運氣實在很好。雖然在尚藥局也做得來，但是用製作貓貓等人點心的心態處理這事，對嬪妃有失禮數。儘管貓貓時常會用那種方式為玉葉妃調藥，但那是例外。

替貓貓安排了場地的壬氏，被板著臉的高順帶回去處理公務了。取而代之地，一位宦官坐在椅子上監視貓貓等人。除此之外，方才那位宦官也憂心忡忡地看著司膳房裡的情形。

「欸，貓貓，這樣真的能作出類似冰品的東西嗎？」

小蘭神情不安地看她做事。

「大概可以。」

貓貓看別人作過一次。只要她記得沒錯，應該可行。

桌上請人準備了大陶碗與較小一點的金屬薄碗，另外還有牛奶、砂糖、幾種水果，以及其他一應所需物品。貓貓能明白小蘭的不安，應該是因為其中有幾樣東西似乎不該出現在這兒吧。

幸好有找到牛奶。有位嬪妃愛吃酥（奶油），非當天新鮮現作的不吃。牛奶容易發酸，貓貓本來還在擔心可能找不到新鮮的。

貓貓將牛奶倒進金屬碗裡，加入砂糖用茶筅攪勻。這本來是用來攪拌茶湯的，但正適合用來混入適量空氣，所以借來用用。

「來，把這個攪勻。」

「呃，好。」

由於時間有限，貓貓將簡單作業交給小蘭做，自己則進入其他作業。

貓貓將掉在地上的冰塊放到桌上，然後用請人準備的槌子搥它。

「妳這是做什麼！」

大顆冰塊越變越小。
「別擔心，小蘭妳只管攪拌就是了。」
貓貓把打碎的冰塊放進大碗裡，加入少許的水，接著倒入大量的鹽。
小蘭偏著頭看她做事。
「好了，小蘭，把那個放進來。」
兩人把金屬碗放進加了鹽的冰水裡，然後不停攪拌。小蘭原本還偏頭不解，但漸漸驚訝地睜圓了眼睛。
「咦？不會吧。」
牛奶開始凝固，黏在金屬碗的表面上。貓貓一邊用茶筅把它刮下，一邊攪拌。
「小蘭，妳把那邊的水果切切。要切碎喔。」
「呃，好。」
小蘭用菜刀切好水果，裝進盤子裡。貓貓一個勁地攪拌牛奶，慢慢讓它變成輕柔的半凝固狀態。
「切好嘍！」
「倒進來。」
貓貓放下茶筅，用茶匙輕快地跟水果攪勻。攪拌均勻後，再盛進玻璃器皿裡。這樣總覺得少了點什麼，於是又淋上了糖煮水果的湯汁。
忽然聽到有人吞口水的咕嘟一聲。方才還哭哭啼啼的姑娘，現在眼睛卻閃閃發亮。
「這是……」
「就如妳所看到的，是冰糕。」
要是時間再充裕一點，就能加入雞蛋或是放點藥草增添香氣了，奈何時間不夠。
「這是怎麼作出來的？」
「晚點再跟妳說，再不快點送去就來不及了。」
「嗯，可是……」
小蘭頻頻抬眼偷瞄貓貓。
「應該需要有人嚐嚐味道吧？」
貓貓心想說得有理，於是用茶匙舀起留在金屬碗表面的冰糕，餵小蘭嚐了。隨著清涼的冰糕在口中融化，小蘭頻頻搖動雙手，心滿意足地笑了。
看來是成功了。
「來！完成了！作好嘍！把這送去給娘娘吧！」
兩人用剩下的冰塊包好裝在器皿裡的冰糕，交給宦官。
負責監視與運送冰塊的宦官都睜圓了眼睛。

「真的這樣就作好了？」

看到宦官一臉不安，貓貓二話不說就把冰糕塞進他嘴裡。

「！」

「小女子以為這樣應該就沒問題了。」

宦官咕嘟一聲嚥下冰糕，眼睛睜得好圓。他伸手想再拿一匙，但被貓貓拍掉。宦官有些依依不捨地看了看貓貓。

「快點快點，要融化了！」

「知道了。」

宦官小心翼翼地把器皿裝進籃子裡，用布包好後跑走了。

負責監視的宦官神情顯得有些羨慕，但還是回到自己的崗位去了。

他們都離開後，貓貓與小蘭互相對望。

「……真是好險。」

「不確定吧？要看娘娘喜不喜歡才行。」

她們事前有問過壬氏嬪妃愛與不愛吃的東西，所以應該不會不肯吃才是。包括試毒減少的份量在內，她們作了夠多的冰糕。

「不要這樣嚇我嘛——討厭。先別說這了，趁剩下的還沒融化前趕快吃掉吧。」

「就是啊，吃掉吧。」

「！」

貓貓與小蘭往旁邊一看，只見子翠緊緊抱著裝了冰糕的碗。

「欸，妳怎麼會在這裡啊！」

「嗯——因為看到好像起了騷動，一時忍不住就丟下差事跑來了。」

「妳好糟糕喔！」

貓貓也覺得小蘭說得對。雖然如果有人說「貓貓妳沒資格說別人」她也無法回嘴就是。

「方才可是差點就要出事了呢……咦，啊！子翠！不可以一個人吃掉啦，都沒幫忙就想占便宜！」

「這真的好好粗喔～」

「住手啊！不要全部吃掉啊！」

子翠一邊把茶匙往嘴裡塞一邊逃跑，小蘭追了上去。

（我看這下不夠吃了。）

貓貓再次把材料裝進碗裡，試試看能否用剩下的冰塊再作一些冰糕。

六話　逆產兒

「哎呀，動了呢。」

玉葉妃一邊摩娑大肚子一邊說。季節已經慢慢開始變得涼爽，嬪妃肩膀上卻披著衣裳。她只要稍微讓身子受寒，紅娘就會橫眉豎目地發脾氣，凶得很。

看到娘親的肚子動了，鈴麗公主發出高亢的咯咯笑聲。小貓毛毛也來到柔軟的地氈上，擔任公主的玩伴。

貓貓有替毛毛剪爪子並仔細磨好，而且也徹底訓練牠不准咬人，因此除非公主實在太過分，否則應該不會被咬。但是小娃娃這種生物，會有什麼舉動誰也無法預測。

貓貓坐在地氈上盯緊公主，不讓她調皮搗蛋。只要毛毛作勢要咬公主，貓貓可以立刻抓住脖子把牠拎走。

「話說回來，雖然還是個娃兒，卻已經很有個性了呢。」

玉葉妃看著胎動的肚子說道。

「懷鈴麗的時候，她都是踢更上面的位置，這孩子卻總是踢下面呢。」

「總是下面嗎？」

貓貓挑了一下眉毛。她輕輕抓起毛毛，將牠放進籃子裡。公主發出噗噗聲抱怨，但貓貓把籃子放到桌上，不讓公主碰到。

她靠近玉葉妃，稍微欠身。

「能否讓小女子看看？可以摸摸嗎？」

「可以啊，但是怎麼了？」

玉葉妃一臉狐疑，貓貓用指尖溫柔撫觸她的腹部。可能是引起了胎兒的反應，從下腹部傳來了重重踢踹的感覺。

貓貓的表情扭曲了。

「娘娘產下鈴麗公主時的情況如何？」

「分娩過程十分順利，簡直不像是初次生產。可能是因為公主的身子比較小一點吧。」

紅娘代替嬪妃回答。公主想拿桌上的籃子，於是紅娘把裝了毛毛的籃子緊緊抱在懷裡。毛毛從籃子與蓋子的縫隙興味盎然地往外看。

「是誰來接生的呢？」

聽貓貓這樣問，紅娘表情變得有點難以形容。

「是我。因為這兒的醫官不可靠，於是我學過方法，才好不容易撐過了這一關。只不過……」

「只不過？」

「當初原本是請了位有接生經驗的人來當宮女，誰知當時運氣不好，那人的身體出了狀況。」

紅娘表示只好緊急由自己接手，讓她手腳都慌了。可以說幸好紅娘做事勤勉仔細，才沒釀成大禍。

「原本請那老婦暫時進宮是要擔任產婆，但是竟然在如此重要的時候鬧肚子痛，我立刻就把她請走了。結果梨花妃那邊似乎請了別的產婆幫忙。」

原來如此。貓貓點了點頭。

那麼，這次或許也會請產婆來後宮了。

可是，有一點讓貓貓稍稍感到在意。玉葉妃可能是看出來了，她對貓貓微笑。

「有什麼問題嗎？說來與我聽聽。」

聽她這麼說，貓貓才能坦白說出眼下的一項擔憂。

「小女子只是在想，萬一是逆產兒的話，不知產婆能否應付得來。」

「逆產兒？」

玉葉妃摸摸肚子。可能是胎兒又踢肚子了，她表情歪扭了一下。

「因為胎兒似乎總是踢下面的位置。假若不是拍打而是踢踹的話，就表示胎兒的頭在上面。」

胎兒出生時，最好是頭先出來。胎兒的頭是全身當中最大的部分，頭先通過產道可使分娩過程較為順利。反之若是腳先出來，危險性將大幅上昇。

「妳看出是逆產兒了？」

「不，小女子只是說有此可能。要進行更詳盡的觸診，才能更進一步了解狀況。」

「妳會嗎？」

被問到會不會，貓貓很難明確地表示她會。對醫學知之甚詳的阿爹只教過貓貓藥學。也就是說藥物以外的知識，都是她看阿爹的一舉一動偷學來的。

玉葉妃沉默地看著貓貓，似乎發現自己問的問題不對。

「妳來為我做。」

於是，她換了個說法。

貓貓飛快地仰望天花板一眼，然後慢慢走到玉葉妃身邊。

「方法是這樣的，不知娘娘能否接受？」

貓貓簡單地說明了一下具體的觸診方法。「哎呀，真的？」玉葉妃聞言摀住了嘴。對一位高貴的大戶千金而言，此種行為不啻於一種恥辱。假若照她的命令做了觸診卻被當成無禮之徒責罰，那可吃不消。

「哎，比起生孩子那時候，這沒什麼大不了的。就請妳為我做吧。」

「遵命。」

或許該說母親真堅強吧，貓貓開始為觸診做準備。

（很難說。）

貓貓結束觸診，洗洗手。說是觸診，但不只要摸下腹部，連私處也得觸碰，縱然事前聽過解釋，恐怕還是會有抵抗感。這事本來應該更早做的，然而畢竟是這種方法，貓貓是覺得能避免就避免。更重要的是，貓貓也不是專家，在胎兒還太小時下不了判斷。

而貓貓做出的診斷是——

有八成機率是逆產兒。她從踢踹腹部的感覺以及心跳聲等等，掌握到了胎兒的位置。

即使是逆產兒，有時也會隨著在腹中成長發育而轉向。只是，考慮到玉葉妃的懷孕時期，現在胎位依然不正有點令人擔憂。現在這個時期，再過不到兩個月就要臨盆了。

「我該怎麼做？」

玉葉妃換好衣服回來了。身旁的紅娘表情憂心忡忡。

「聽說讓身子多活動並施以艾灸，有助於胎位轉正。關於如何活動身子，可能要問問後宮外面的人。至於艾灸，這小女子就會了。」
「這樣啊，那麼，就順便請教一下還有沒有其他療法吧。」
「艾灸就請貓貓幫忙好了。」玉葉妃說。然後她摸摸肚子，忽然又想起一事，向貓貓詢問道：
「若是胎位沒有轉正，會怎麼樣？」
「最糟的情況下，恐怕必須剖腹。」
貓貓不願去考慮那種情況。就算有專門的產婆在場，危險性依然很高。雖說在最糟的情況下才需要剖腹，但是一旦如此，玉葉妃的生命就有危險。在發生任何問題時，附近沒有可靠的醫生將是一大風險。
（要是庸醫能再可靠一點就好了。）
想這種事也沒用，庸醫大概一輩子都會是庸醫吧。他人雖然好，卻絕對稱不上能幹。
但是要另帶一位醫官進入後宮又很難。既然制度規定只有宦官才能進入後宮，那就得把人家閹了才進得來。不曉得是動刀還是改變制度比較快。
（嗯？）
貓貓摸了摸下頷。
她知道一位最恰當的人選。

（可是……）

貓貓一邊沉吟一邊抓了抓頭。她猶豫不決了半天，但覺得此時已是燃眉之急，於是看向玉葉妃。

「小女子知道一位人選。此人醫術無可挑剔，而且曾數次為人剖腹取出胎兒。」

「哎呀，那可真是……」

「竟然還有這樣的人物啊。呃，不會是壬總管的侍女吧？」

玉葉妃發出由衷欽佩的聲音，紅娘則是畏怯地說道。水蓮在這座宮殿裡到底做過什麼精彩事蹟？

「此人並非侍女，而是醫師。」

唯獨有個問題。

那就是——

「只是此人曾一度被逐出後宮，是個罪人。」

貓貓一邊想起養父羅門一邊說。

玉葉妃眉毛都沒挑一下，倒是紅娘代替她變了臉色。

「我不可能答應讓這種人來接生！」

她語氣堅決地說。不是平素責罵宮女的那種怒火，而是平靜且鎮定地，否決貓貓提出的建言。

「這關係到玉葉娘娘的性命，必須託付給值得信賴的人。」

她說得很對，換作是平常的話，貓貓也會乖乖退讓，但這次情況不同。為了玉葉妃的安全著想，貓貓認為這是最正確的選擇，最重要的是貓貓尊敬阿爹。他雖然是個濫好人，走霉運，又是個老太婆似的老頭子，但這都無所謂。貓貓確信他是舉國上下最好的醫師。

「此人足以信任，即使召集十名尋常醫官也贏不過那人。」

「真難得聽妳如此誇下海口。」

雖然不像是貓貓會說的話，但這是事實，無可奈何。然而，紅娘也不肯讓步。

「可是此人是罪人對吧？我是不知道他犯了什麼罪，但這可不能當作沒聽見。」

面對回話態度冷靜的紅娘，貓貓的眼神漸漸變得冷峻。看到兩人的立場與平素正好顛倒過來，玉葉妃介入了她們之間。

「欸，那人究竟犯了什麼罪啊？紅娘妳別這樣劈頭就想駁倒人家，應該先聽聽她怎麼解釋；貓貓妳也該冷靜下來，好好解釋清楚。」

聽到這番話，貓貓險些爆發的火氣消退了。她輕嘆一口氣後，冷靜下來看著玉葉妃與紅娘。

「此人曾為宦官，也是醫官。過去他曾為皇上、當今東宮以及阿多娘娘的皇子接生。至於被逐出後宮的理由，小女子只聽說是與阿多妃有關。」

貓貓自己也不甚清楚。雖然她心裡有猜到幾分原因，但沒有確信，也無意說出曖昧不明的見解。

然而，問話的是玉葉妃。她在當今後宮的地位既是上級妃，也是皇帝的寵妃。這樣的人物不可能未曾耳聞這類風聲。

「這樣啊，原來是這麼回事。」

她用一種彷彿了然於心的神情，看著貓貓。

「貓貓，這位前醫官與妳是什麼樣的關係？」

看來玉葉妃關心的不是此人過去曾為罪人，而是他的為人。

「他是小女子的養父，也是小女子作為藥師的師父。」

玉葉妃像是仔細思量般闔眼片刻，然後睜開眼睛說：

「我明白了，我會向壬總管提提看。」

「玉葉娘娘！」

紅娘慌張起來，玉葉妃對她微微一笑。

「紅娘，我認為只要是優秀的人才都該儘量任用，如果是值得信賴的人物就更好了。這個野貓似的姑娘都那麼喜歡他了，應該不會是壞人才對。」

（說我是野貓？）

講得真難聽。

「可是，那是罪人啊。」

「雖說是罪人，但當時後宮的事情妳也應該略知一二吧？有多少人在偉大女皇帝的時代遭到流放，難道不加深思就要照單全收？」

玉葉妃語氣柔和但明確地說。

（竟然叫人家女皇帝……）

只能說不愧是玉葉妃，不怒自威。

「妳若是擔心，就請總管派個人監視好了。這點要求不為過吧？」

玉葉妃如此說完後，從桌上拿起紙筆，開始運筆如飛地修書給壬氏。

向紅娘提起那件事後過了兩日，一名貌似老婦的老人就來到了後宮。事情辦得比想像中迅速，把貓貓嚇了一跳。

讓高順領著進來的阿爹，向翡翠宮的眾人致過意後，就往尚藥局去了，說暫時會待在庸醫那兒。阿爹也是個愛貓人，這下毛毛的一身毛又要變得更光澤亮麗了。

貓貓原本擔心這樣會害庸醫被解聘，不過看來暫且沒有這份疑慮。說此次終究只是臨時措施，以此作為妥協。

（那就好。）

要是阿爹離開了，煙花巷就沒有會看病的醫生了。雖然是貓貓把人請來的，或許沒資格這樣說，但是若不能在明年之前把阿爹請回去，老鴇搞不好會殺進後宮來。

就在貓貓一面想著這些事情，一面打掃翡翠宮時，櫻花提了新的一桶水來。可能也因為要讓阿爹作自我介紹，今日的差事都比較趕，貓貓也只得認真幹活。

「話說那人是貓貓的爹爹，對吧？」

「是，可以這麼說。」

櫻花不知怎地顯得有些不解。正確來說阿爹是貓貓的叔祖，櫻花應該是疑惑於兩人長得完全不像。反正都差不多，貓貓就不多解釋了。說明一堆細節太麻煩，她決定省略。

「總覺得跟想像中完全不同耶。該怎麼說才好，應該說很普通還是怎麼著……或者應該說，真的是那樣的人把貓貓養大的嗎？」

「……妳想像成什麼樣的人了？」

「哎，什麼樣的人嘛……妳們說呢？」

彷彿同意櫻花的意見，一同打掃的貴園與赤羽也互相對望著點頭。白羽還不是很了解貓貓的為人，所以只是笑吟吟地配合大家說話。

「看起來很正常，對不對？」

「「就是啊。」」

兩人齊聲說道。

（我真不懂。）

她們都想像成什麼人了？貓貓實在無法理解。

七話　毒瘤　上篇

尚藥局的氣氛和樂融融。

「這小傢伙聰明得很，吃小魚都不吃頭尾跟內臟的。」

阿爹才來尚藥局沒幾日就變成這樣了。庸醫一察覺自己沒辦法擺出前輩架子教些什麼，就不斷教阿爹羅門一些跟醫學無關的事情。阿爹人好，每次都會認真地應聲附和，讓貓貓覺得庸醫的八字鬍好像活力十足地往上翹了起來。

阿爹也沒好到哪去地說：

「這樣啊，但就是這種苦味好啊。」

然後把庸醫撕下的小魚碎塊放進嘴裡。阿爹教過貓貓不可以浪費食物，但是做到這種地步，看了實在覺得有點丟臉。貓貓心裡雖想「這兒又不是煙花巷，不至於餓著才是啊」，但從沒阻止過他，因為她知道阿爹天性如此。

博學強記，聞一知十的當世天下神醫，竟是如此無欲無求的純樸男子。對他而言，就連毛毛的剩飯都是佳餚。

貓貓正在調配艾灸要用的艾絨，是用事先搗過的艾草曬乾作成的。雖然作起來費工，不如花錢讓人送來比較輕鬆，但反正在後宮就能採到材料，而且也能當成來尚藥局的藉口。

即使阿爹來了，貓貓的差事也沒變。

「就跟之前一樣，貓貓基本上的差事還是要做。」

是紅娘如此提議的。腦筋死板的侍女長看樣子是真的很不喜歡罪人。

因此貓貓本以為阿爹會悠然自適地在尚藥局消磨時光，但似乎也不一定。他不時會被宦官叫去其他地方。貓貓認為應該是壬氏的安排。

阿爹沒說過自己要去哪裡或去了哪裡，但貓貓能猜到八成。

後宮除了玉葉妃，至少還有一位孕婦。既然進了後宮，阿爹就得公平對待每位嬪妃。

貓貓雖是玉葉妃的侍女，但這樣反而讓她如釋重負。她也希望梨花妃這次的娃娃能平安長大，為此得先讓她潛心照料自己，好好生下孩子才行。

聽說名喚杏的前侍女長離開後宮之後，有一群更為年長穩重的侍女去服侍梨花妃。貓貓猜想那些侍女應該會是懂分寸之人，而且很可能有過分娩經驗。

後宮幾乎都是年輕女子，而且每兩年就會替換。

生兒育女分明也該是後宮的功能之一，卻沒有發揮作用。

假若有人說儘量多生一點，只有強壯的嬰兒能活下來正是國君之子的宿命，那也無可奈何。但是看看當今繼承皇室血脈的男子人數，會覺得這方面應該做些改善。

講成大白話，就是種馬不夠多。

（這方面若能施行得再確實一點的話……）

阿爹一邊吃著小魚的內臟，一邊寫東西。貓貓會想到的事，阿爹應該早就想到了。他運筆如飛地寫出現今後宮內部的問題所在。庸醫拎起跑去玩耍礙事的毛毛阻止牠，專注地看著阿爹寫的東西。

「真是寫得一手好字啊。」

（重點不在這裡吧。）

庸醫就是庸醫，根本不是在佩服寫的內容。

「不過，文筆似乎稍嫌幼稚了點。不會太欠缺威嚴了嗎？」

庸醫得意洋洋，一邊用空著的手撚轉鬍鬚一邊看文章。

「是啊，因為這裡還有一些人只會讀寫簡單的文章。」

啊！貓貓捶了一下手心，她大致猜到接下來要做什麼了。阿爹將寫好的紙交給貓貓。

「有沒有什麼不足之處？」

「……大致上看起來都寫到了。」

「這樣啊。」阿爹邊說邊看向庸醫。

「虞淵兄的老家，有沒有賣大約比這小一半的紙？」
阿爹把紙折成一半給他看。
（虞淵？）
貓貓一時沒聽出是誰，但這裡只有三個人，所以一定是庸醫的名字了。
（跟本人好不搭喔。）
總之貓貓決定今後還是叫庸醫為庸醫就好。
「這麼小的紙片沒有用處，所以都是溶掉重作成新的紙張喔。」
庸醫說。
「那麼，有沒有辦法廉價提供這些紙片呢？」
「那一定沒問題，老家的人反而還會高興呢。」
阿爹又看向貓貓。
「最近這裡開辦了學堂對吧？」
「是啊。」
「大家都會寫字了嗎？」
這要看個人。不過只要慢慢地寫，大家都已經能寫出看得懂的字了。
「不知能不能讓大家練習抄寫這篇文章？我問是不行，但如果是妳的建言，應該有人會聽吧？」

「！」

貓貓覺得真是敗給他了。淨想著如何毫無浪費地運用人事物，恐怕只有商人才會像他這樣動腦筋。明明頭腦這麼會打算盤，真不懂他為什麼要樂善布施到讓自己餓肚子。

「我今日就找機會問問。」

如此說完後，貓貓把艾絨裝進了布包裡。

「拜託了。」

阿爹說著，站起來走出尚藥局，大概是去如廁吧。提個不重要的小事，男子成了宦官後會頻尿。

這時貓貓記起一件事，站起來，打開了櫥櫃的抽屜。

「小叔，我拿幾瓶酒精喔。」

「好啊。」

酒精本來就是貓貓作的，直接拿走好像也不會怎樣，但昨天貓貓這樣作挨了阿爹的罵，似乎是要她再尊重庸醫一點。

（還有……）

她想想還需要拿些什麼。這時她想起玉葉妃說過最近會失眠。

「順便還想拿點安眠藥，可以嗎？」

「隨妳拿吧。」

庸醫只顧著跟毛毛玩。這樣對不對啊——貓貓一面心想，一面在藥櫃上翻翻找找。

（要對孕婦身體無負擔的。）

懷孕時睡不好是常有的事。不要隨便開太重的藥，給點安慰性質的就好。

（這個應該就行了。）

貓貓打開抽屜，取出裡頭的生藥。

這時，毛毛來到腳邊纏著她不放。

貓貓嫌麻煩，動腳把牠趕走，毛毛卻伸出爪子抓住裙裳。

「別鬧，會扯破的。」

「喂，你是怎麼啦？」

庸醫抓住了毛毛。

（是為了這個吧？）

貓貓看看拿在手裡的生藥。毛毛發出獨特的怪聲，用桃紅色的肉球啪啪拍打貓貓的手。

「我不會給你的。」

不管庸醫與阿爹如何寵溺毛毛，貓貓都不會寵牠。她把寶貴的生藥迅速裝進布包裡，說什麼也不交給區區一團毛球。

「那我走了。」

說完，貓貓就離開了尚藥局。

阿爹有意做的事，壬氏等人想必也會贊成。

（就算是這樣，最好還是問過一聲。）

透過壬氏來辦會慢上幾天，因此她決定先前往學堂。

（說到這個……）

貓貓的懷裡收著一支簪子，這是之前壬氏給她的。在幹活時戴著，三位姑娘或玉葉妃會怪笑著來逗她，所以她取了下來。

（晚點得插上去才行。）

貓貓一邊嫌麻煩的同時，走到了北側的學堂。

學堂裡有三十來名學生，正在聽宦官講課。

此處有位個性特立獨行的老宦官，不過今天沒站上講壇。那位宦官負責管理後宮內用以鑑定皇室血統的廟宇。雖然不太情願，但找那位宦官談應該最快。那人認識阿爹，只要讓他知道阿爹來了後宮，事情就好談了。

貓貓走在迴廊上，前往離講堂稍遠一點的老宦官的房間。

「公公在嗎？」

房門半掩著。探頭一看，老宦官瞇著眼睛在讀書。他挑動一下眉毛，從門縫裡瞧見貓貓後，拿著書招手說：「過來這兒。」

「小蘭沒跟妳一塊來？」

這位宦官平素常常教小蘭讀書。那個不怕生的宮女到哪兒都有人疼。

「小女子今日是自己有事前來。」

貓貓思索著該如何說明，後來覺得先看到東西比較快，於是把阿爹寫好的紙張放到亂七八糟的桌子上。

老宦官又挑動了一下眉毛。他指指椅子要貓貓坐下，貓貓恭敬不如從命，就坐下了。

「這是羅門的字跡吧。」

「公公好眼力。」

「昔日參加科舉時，大家說模仿他的字跡會考中，都爭相摹擬。」

那恐怕是相當久遠以前的事了，四十年……不，說不定有五十年了。在這個國家，醫官的資格與科舉是分開的，但阿爹兩者皆得到錄取。明明作為文官才識過人，卻因為看路旁的流浪兒生病可憐而選擇懸壺濟世。聽說阿爹從以前就是這種性格，所以親生父親對他不理不睬。

「他特地將這送來？」

「不，阿爹現在人在後宮。」

「哦，這可是初次耳聞。」

老宦官睜大了被皺紋遮去大半的眼睛，看樣子是真不知情。畢竟學堂在後宮位於特別偏僻的北側，消息似乎不是很靈通。

這讓貓貓想起，小蘭看到阿爹時也沒太大反應。就算是多愛聊八卦的姑娘，在一群年輕英俊的宦官進來之後，接著再來個皺巴巴的老頭子自然不感興趣。

「既然小蘭知道此事，怎麼不告訴我呢？」

「眾人都在聊年輕宦官的傳聞，大概是被蓋過了吧。」

「年輕宦官啊……」

老宦官撫摸下頷，看看窗外。在圓形窗櫺的外頭，有著揀選王母之子的廟宇。但老宦官的目光似乎是望向更遠之處。

「就算新鮮事再少，為了那點小事就吵鬧，似乎不太恰當。」

「怎麼了嗎？」

「沒什麼，只是人家說南邊安排太多年輕宦官會讓宮女無心當差，所以送了幾人過來。」

原來是這麼回事，貓貓恍然大悟。後宮北側的宮女人數是比其他地方少。

「病坊增加了些男丁，說來說去好像還是幫了不少忙就是了。」

病坊那裡沒有年輕宮女，盡是年紀大了，性情沉穩的宮女。那兒有位大膽豪邁的宮女，記得是叫深綠吧。貓貓很容易就能想像她叫宦官做這做那的模樣。

「好了，回到正題吧。那麼姑娘何事找我幫忙？」

「是想問問能否用這個讓學堂的宮女練習抄寫。紙張我們這兒會準備。」

老宦官再一次挑動一下眉毛，盯著細長的紙片瞧。

「以前他也寫過類似的事呢。那時是羅門一個人做，讓我也禁不住幫了點忙。看來就連他那樣的人，上了年紀也學會了巧妙使喚別人的方法。比起那時候幫的忙，這點小事算不了什麼。」

「……阿爹以前也像這樣寫過榜文？」

「是啊，貼在後宮的每一個地方。不過我看到煩了，所以在我這兒一張都不准貼就是了。」

老宦官搖搖頭，像是在說「我再也不想寫那些字了」。

貓貓看看寫在紙上的文告，裡面也簡單提到了毒白粉的事。

（以前貼過跟這一樣的榜文？）

這讓貓貓覺得不大對勁。貓貓無論如何都想作個確認，用文鎮把紙壓住後，站了起來。

她打算立刻去釐清疑點。

「那麼小女子晚點送紙過來。」

「哎喲，不喝杯茶再走？」

「不了，有要事在身。」

貓貓說完，就離開了老宦官的房間。

然後，她前往的地點是……

八話　毒瘤　下篇

病坊就跟之前一樣，有幾位上了年紀的宮女在忙著幹活。另外還能看到幾名年輕宦官的身影。在鄰近的洗衣場，宦官把褥子放在鋪石地上光腳踩踏，拿著井水唰唰沖洗。

貓貓側眼看著這片景象逕自走過，站到病坊入口前。正巧有個認識貓貓的宮女在那兒，出來看看她有什麼事。

「身體不適嗎？」

「不是。」

貓貓思索著該怎麼做，同時瞄宮女一眼。她不知道問這裡的人妥不妥當，但又不能放著不管。

最令她不安的是，不知是這裡的誰想到了那個方法。

貓貓決定找個藉口。

「這兒似乎會用酒消毒，所以想問問需不需要這個。」

貓貓如此說完，從布包裡拿出了小酒壺。她除了艾絨，也把作好擺著的酒精帶來了。之前她就想找機會把酒精拿來這兒，但事情一多就延後了。

「這是？」

貓貓拔掉瓶栓，把瓶口朝向宮女。宮女用手搧聞瓶中的氣味。

「我想這個應該更適合作消毒之用。」

「……我去問問。」

宮女說完，讓貓貓進了病坊。

宮女將貓貓帶進一個房間，在椅子上坐下。之前那位性情剽悍的年長女官——深綠也在。她基本上還當貓貓是客人，讓人端來了酸味重的果子露。

「能拿到這個真是太有幫助了。可是真的可以收下嗎？」

酒在後宮本身就不是常見的東西，何況還是經過蒸餾的高濃度酒精。

「小女子這邊還有。」

布包裡還有一瓶裝了酒精的酒壺。尚藥局那兒也還有剩，況且用完了再作就是了。

「下次再拿些來。」

「真是謝謝妳。」

說完，深綠低頭致意。可能因為知道貓貓是玉葉妃的貼身宮女，講話方式聽起來稍微有所顧慮。

「不會，反正作了很多。對了……」

貓貓注意著讓語氣自然一點，但她不擅長演戲，不知道這樣講話會不會很突兀。她只能儘量佯裝平靜。

「這兒的各位宮女想必都很優秀吧。」

「怎麼突然這麼說？」

深綠一副覺得她莫名其妙的表情。

貓貓雖心想「這樣講果然很奇怪」，但繼續裝傻。

「沒什麼，只是後宮這兒大致上都是兩年為期，但各位似乎待在這兒多年了。」

深綠略略歪扭著嘴唇微笑。

「是啊，因為盡是些老姑娘嘛。」

「……」

「妳倒也不否認呢。」

假若十幾歲進宮，就算最慢二十幾歲進入後宮好了，那也待了二十年以上有了。這樣一來就會有個疑點。

貓貓正在猶豫著要不要說出口時，深綠的一雙眼眸變得空洞無神。

「我們也曾經年輕過好嗎？我進宮時才十歲。」

「……」

「待在這兒的宮女被帶進後宮時，年紀全都跟我差不多。」

現在的後宮，一般來說不會讓年紀那麼小的姑娘當宮女。最起碼也要差不多虛歲十四才進得來。

但是深綠她們進宮時，還是先帝的時代。

「然後，直到現在還出不去。」

病坊原本是由當今皇太后所建立，貓貓之前看過皇太后親臨病坊。

起初，貓貓以為這是皇太后的慈悲心腸。廢除奴隸制度與新招宦官，都是皇帝承襲了皇太后的主意才得以實現。貓貓以為病坊是這些改革的第一步。

但是，這點她想錯了。

「因為沒人會來迎接我們。」

基本上一旦成為皇帝──九五之尊的妾室，就表示永遠出不得後宮。雖然有時會賜給家臣作妻室，或是改嫁到國外，但那只限部分宮女。

視時代而定，有時還得為皇帝殉葬。但貓貓與她們的立場相差太多，無法說不用殉葬已經算是萬幸了之類的話。

（哦，我懂了。）

後宮的毒瘤就在這裡。

她們憎恨整個後宮，更憎恨企圖受到皇帝寵愛，掌握幸福的女人。她們會變成這樣並不奇怪，畢竟她們小小年紀就被帶進後宮，然後落入了先帝的毒手。從此再也無緣看見宮牆之外的宮女會有何種心情？

不是所有人都那麼有智慧，能夠不自甘墮落，正直地活下去。

深綠之前曾經擔心過在水晶宮病倒的姑娘，請貓貓去看看她。

當時貓貓很佩服，覺得這位宮女真是面面俱到。但那是否可以反過來解釋？

也許正是深綠將墮胎藥的配方告訴梨花妃的前侍女長杏。假若用的不是直接手段，而是利用那間小倉庫裡臥病在床的下女間接告訴她的，那麼至今所有的疑點就豁然開朗了。

那個下女一定是個話多的人。深綠從她話中的每字每句聽出杏與梨花妃的關係，然後察覺了嬪妃的身孕。

「喏，把這放在侍女長的桌上吧，這對娘娘有幫助的。」

這樣一說，老實的下女就會照辦了。上頭寫的盡是對孕婦有害的東西，避免使用可以保護到嬪妃。但是，若是落入對嬪妃懷有惡意的人手裡，其中的意義就會顛倒過來。

就在那段時期，正好商隊來了，如果有賣那些材料，有心人不可能不買。

至於商隊怎麼會淨帶那類商品進來，可以作以下推測。

「下次我想要這種香料。」

只要這樣灌輸每年進宮數次的商人就行了。幾十年下來，那些東西自然就會列入品項之中。

貓貓認為整件事的元凶，就是還不至於構成殺意的惡意。所以才會以極其拐彎抹角的方式，一點一滴地侵蝕、盤據於後宮之中。

毒白粉也是其中之一。她們應該知道那個有毒才對，總不至於所有人都看不懂阿爹人在後宮時所張貼的單子吧。像這個房間裡就有書架，看得出來房間主人不時會讀點書。

（我應該逼問她嗎？）

不，還是算了——貓貓心想。

一旦逼問下去，她們會有何下場？貓貓一方面是不想說些毫無人證物證，模稜兩可的事情，但最重要的還是為了後宮裡的其他宮女。貓貓把這件事說出來，可能導致整間病坊遭到撤除。她不樂見這種事發生。

她們的惡意會永遠累積下去，但那是莫可奈何的。貓貓頂多只能讓她們的惡意不會影響到旁人。

她只有這點能耐。也許還有其他更好的法子，但貓貓不夠聰明，想不到。

（繼續待下去也無濟於事。）

貓貓抓起布包，從椅子上站了起來。她瞄了書架一眼。既然能在房間裡放書，表示俸祿應該不低。為了掩飾當下的氣氛，她站到書架前面。

「有想看的書借去無妨，只是要記得還喲。」

人家都這麼說了，不挑一兩本走似乎反而失禮。

「其實只要記得歸還就行了，但那個書架很奇妙，偶爾書還會變多呢。」

「或許是放著嫌礙事吧，真是慷慨。」

的確盡是些沒意思的書。看內容大多是教人如何成為賢妻，大概是家境富裕的宮女嫌放在房間裡占位子，就擺在這兒了吧。

（怎麼都沒有好看一點的書？）

這時，貓貓拿起了一本厚厚的書。

是一本圖鑑，在這書架上難得有這樣的書。而且貓貓覺得這麼厚一本，應該是相當貴重的書才對。

（而且寫的還是昆蟲呢。）

貓貓面露苦笑。要是子翠看到一定很高興，應該說一般會看這種圖鑑的，也就只有子翠了。

就在這時，貓貓發現書頁間夾了張紙。她翻開那頁看看。

「……」

那頁畫著異國的蝴蝶。此種分不清是淡藍抑或淡綠的美麗夜蝶，纏繞著人飛舞，使得那人看起來就像月神一般莊嚴神聖。

這讓貓貓想起，子翠曾說她在圖鑑上看過此種飛蛾，或許指的就是這本。

「這本圖鑑也是哪位姑娘拿來的嗎？」

「那本？那大概是一個月前吧，不知不覺間就擱在那兒了。」

一個月前。當時邀請使節赴的宴會早已結束了。

假如之前這本書不在這兒，那麼照常理想，這原本應該是子翠的東西。

（一介宮女會買得起這麼好的東西嗎？）

不，不可能買得起。這麼厚的一本書，想必不是庶民所能負擔得起。既然如此，子翠也許是家財萬貫的商賈千金了。這讓貓貓想起，她描摹昆蟲的簿本，是把點心包裝紙翻過背面做的。即使是廢紙的背面，要在這後宮內大量收集仍非易事。

而且子翠還識字，貓貓不認為這樣的姑娘只能當個洗衣女。不對，假若是她那種性情使然，那倒是可以理解。

可是……

房間的拉門喀啦啦地被拉開，門外站著一名宦官。

「深綠。」

以男子而論，嗓音似乎太過高亢。

「妳最好當心點。」

以女子而論，嗓音似乎太過低沉。

出現在那兒的人生得一雙丹鳳眼，容貌足夠讓難得見著男人的宮女嬌聲尖叫；個頭以男子來說較矮，以女子來說又高了點；臉頰以男子來說也偏柔和，以女子來說又細瘦了點。

而那人的左臂無力地下垂，指尖看起來像在發抖。

（這是怎麼回事？）

假設在那人的臉上，用石黛畫出奇妙的眉形，然後塗上不合時宜的胭脂，繼續板著一張臉，再穿上色彩不顯眼的女官服。

一度死去的女子——翠苓就站在那兒。

就連不擅長記住他人長相的貓貓都留下了深刻印象。真是個轟轟烈烈的奇女子。

「妳剛才那番話已經讓她猜出八成了。」

深綠睜大眼睛看著貓貓。

「害我想當屍體沒當成。」

淡定的講話口氣讓她看起來實在不像個女子。

門已關上，在場只有三個人。窗戶是格子狀，不可能逃得出去。

（大聲呼救吧。）

但是翠苓的手上拿著好幾根針，表面油亮，必定是塗了某種毒藥。

（雖然很好奇是何種毒藥。）

現在不是說這個的時候，恐怕沒那多餘精神請她扎貓貓一下看看症狀了。

翠苓步步逼近，貓貓一步又一步後退，腳跟碰到了牆壁。

（該怎麼辦呢？）

布包裡有裝了酒精的酒壺與艾絨。也許可以用酒精潑她眼睛，趁機逃走……不，那樣不見得能順利逃走。貓貓左思右想。

翠苓怎麼會溜進了這種地方？而她又有什麼目的？貓貓有很多事情想問個清楚。

乍看之下雖是貓貓比較不利，其實也不見得。

「就算在這裡除掉我，也很快就會被抓到了。」

貓貓是玉葉妃的貼身試毒侍女。姑且不論其他宮女，若是貓貓失蹤，娘娘想必不會放著不管。而且聰明如阿爹，必能想像到貓貓離開尚藥局之後的行動。問題是即使他們能循線找到學堂，也不知道有沒有人記得她之後要去病坊。

「我想儘量和平解決此事。」

抖。

可能因為穿著男裝，翠苓嗓音冷硬，恐怕誰也不會發現她是女子。只是，她的左手在發抖。

「是返魂藥的後遺症嗎？」

那是使得肉體一度死亡的藥方，就算能夠復生，也不一定能恢復成原先的狀態，這點翠苓應該很清楚。但是為了騙過包括皇帝在內的所有人，她還是做了。

「那又如何？」

翠苓沒有收起手上的針。就算沒有那種東西，只要兩人合力制伏，手無縛雞之力的貓貓立刻就只能乖乖聽話。

「這不重要，來講正事吧。」

「什麼正事？」

貓貓心臟怦怦地跳，而且緊張到滿頭大汗，但聲音聽起來卻很冷漠，這是貓貓的短處也是長處。她一邊定睛注視對手的動向，一邊思考如何才能擺脫眼下的困境。

「妳似乎在盤算著如何逃走，但勸妳還是算了吧。」

翠苓說完，慢慢打開關起的房門，從那裡可以看見一隻白皙的手。翠苓緊緊抓住那隻手，一把將那人拉進房間裡。

只見一名高個子的宮女出現在那裡。是一名個頭雖高，神情卻天真無邪的宮女。

「對不起，貓貓。」

是子翠。

翠苓用右手抓住子翠的脖子，顫抖著左手把針靠近過去。

表情悲痛的子翠被當成人質。面臨此種狀況，貓貓只能咬緊嘴唇。

「妳不顧這個姑娘的死活了嗎？」

翠苓說出民間戲曲反派的老套臺詞。貓貓讓指甲陷進手心裡，心想若能直接把這個拳頭揮到她臉上解決此事該有多好。

「姑娘有何目的？」

「我只想請妳跟我一道離開此處。」

「妳以為辦得到嗎？」

拿貓貓當人質作威脅不會有多少效果，再說她究竟是何居心？都特地喬裝成宦官溜進來了，怎麼現在又要出去？貓貓很想知道理由。

翠苓用偶人般的面龐點了個頭。

「辦得到。」

「再說……」她補上一句。

「妳一定會跟我走的。」

聽到這種自信十足的口氣，讓貓貓冷眼看著她。難道她真以為抓人質管用？一旦離開後宮，就註定要受罰。假扮宦官進來的翠苓自然也不例外。

貓貓本以為翠苓不是想法那麼膚淺的人，正感到有些失望時，翠苓竟罕見地歪扭起了嘴唇。

「妳不想知道返魂祕藥的配方嗎？」

霎時間，貓貓的心臟重重跳了起來。

（竟敢拿這套來壓我。）

這女子果然不容小覷——貓貓看著翠苓心想。

九話　狐狸相鬥

人們都說宮中東邊有狐狸，西邊有貍妖。由於這個國家把軍府設置於東邊，因此人們常用東西兩邊揶揄武官與文官。

自古以來人們認為動物年紀太老會化作妖怪，有時馬閃不禁會想，這兩個老賊搞不好也是如此。

人稱西貍妖的子昌，是治理國家北方子北州的藩王之子。實際上並非親生而是養子，妻子為養父母之女，因此或許稱為女婿比較正確。

此人不但家世顯赫，還受到女皇寵愛，從年輕起就備受旁人器重。即使如今女皇早已亡歿，此人依舊頂著個大肚皮在宮中昂首闊步。

東狐狸名喚羅漢，是以軍師之名廣為人知的男子。此人雖是世家豪族之後，其權力卻不如子昌來得大。不過，不管哪個官員都知道這個男子極不好惹，成了一種潛規則。

不可用個人喜好決定擅長不擅長，這是父親對他的教誨，但有時實在由不得他決定。站在貍妖與狐狸面前，馬閃克制著不讓自己發抖。

這兩個老賊到底想幹什麼？

馬閃一邊在心中暗問，一邊看看主子。不，假若此人真是他的主子，他也不至於緊張到這個地步了。這個以布掩面的人物，並非在後宮自稱壬氏的那位貴人。

藏在那長長衣襬底下的鞋子，底部加高了約莫三寸。衣服肩膀處塞了棉花以增加肩寬。此人是掩飾著原本的身材待在這裡的。這位體格完全不夠高大的貴人，一派自然地擔任著壬氏……不，是皇弟的替身。

此人態度光明磊落。不，乍看之下像是彎腰駝背並顯得膽小害怕，一如皇弟的氣質。只要說此人是皇弟，誰都會相信。

然而以本性而論，假若那兩個是狸妖與狐狸，這位或許就是狗了。說是狗，但可不是卑賤的野狗，而是近似於英氣凜然的獵犬。

「兩位有何貴事？」

馬閃代替主子的替身回話。主子在外人面前不太說話，角色是這麼扮演的。之所以用布蒙面，也佯稱是因為幼時臉部燒傷而羞於見人。嗓音差異更是有找不完的藉口可作掩飾。

皇弟已有一個月未上早朝，平素都躲在房間裡埋頭處理文書公務。今日也只是列席，沒有稱得上發言的發言。

這樣就好，不這樣就傷腦筋了。

主子原本從不會讓替身代上早朝。就算要用，也只會在平日躲著處理公務的房間裡放個影子。

皇弟的職位越是碌碌無能越好。這是皇弟的請求，皇上也准了。至於其中有何內情，馬閃的身分地位不夠格讓他去追問。

「沒什麼，不過是見到罕見的貴人光臨，難得有這機會，到軍議之前又還有些時間，想與貴人清茶淡話一番。」

羅漢如此說道。不，有時間的是羅漢，馬閃可還沒說他們有這空閒。然而，這名男子才不會管別人方不方便。

「難得有此機會，還望子昌閣下也能一同參與。」

站在羅漢身後的隨從抱著一個瓶子。乍看像是來自異邦的葡萄酒，不過裡面應該只是果子露。父親說過這個戴單眼鏡的怪人不會喝酒。

「我也有這榮幸？」

老狸妖笑咪咪的。他那大肚皮裡究竟裝了些什麼，馬閃不得而知。只是，他必須隨時放亮眼光，看清楚他是不是口蜜腹劍。換作平常，這個男人想必會巧妙地藉故推辭。縱然是怪人軍師，也無法強迫身分地位高於自己的人物做些什麼……但願如此。

但沒想到，老狸妖似乎有點興趣。

「先聲明，我沒什麼可供喝茶助興的有趣話題喔。」

他這樣說，最困擾的是馬閃。然而就在他認為只能拒絕，正要開口時，有人扯了扯他的衣袖。

以布蒙面的替身阻止了他。難道是決定要聽兩人談話？被這樣吩咐，就算對方只是替身也得聽命。馬閃後退一步。

「那麼，還請各位移駕至中庭。」

馬閃無法理解這些人的想法，但身為隨從只能從命。中庭呈現一片秋日景象，桂花芬芳撲鼻。花香清甜，但馬閃不是很喜歡。然而，怪人軍師卻將地點選在附近有桂花樹的涼亭。

他叫來屬吏，吩咐準備銀杯。

三人在圓形石桌旁坐成三角形，馬閃站到了蒙面公子身後。

「其實這用薄玻璃杯來飲會更香，視覺上也好看。」

羅漢說著，親手將瓶中果子露咕嘟咕嘟地倒進杯子裡。淡綠色的液體流出瓶外，甘美芳醇的香氣，與桂花的甜香交相融合。

馬閃想過這種情況下是否該試毒，不過對方似乎是為了省略這點，才特地準備了銀杯。軍師將三個杯子擺好，先讓兩人選過，然後第一個喝光了剩餘杯子裡的飲料。他過癮地嘆一口氣，然後再倒一杯。

對方都表現得如此明顯了，不喝說不過去，老貍妖與主子替身也都將嘴湊向杯緣。主子掀起蒙面布飲了一口後，扯扯馬閃的衣袖。

「主人說此物冰涼可口。」

就算是養在深閨的大戶千金想必也沒這麼沉靜怕羞。馬閃差點苦笑起來，但主子若是在這裡出聲說話，就要暴露真面目了。

然而，軍師從剛才就一直興味盎然地看著蒙面公子的臉。馬閃覺得那神情看起來像是想到了某種惡作劇，不知實際上是如何。

老貍妖轉動著杯子，邊享受香氣邊飲用。馬閃感覺他似乎神情歪扭了一下，也許是因為不用玻璃酒器難免影響到香氣吧。

羅漢見兩人放下了杯子，便從懷裡取出了一張紙來。馬閃探頭想看個究竟時，羅漢笑著把紙攤開給他們看。

「！」

看到攤開的紙張，馬閃險些沒叫出聲來。他強裝冷靜看看四下。這裡除了貍妖、狐狸與狗之外，只有三人各自帶上的一名隨從。

怎敢在這種地方堂而皇之的拿出來？

攤開的紙上畫著精細的圖畫，正是突火槍的圖樣。而且還不是馬閃用過的舊型突火槍，而是經過縮小減重的最新式樣。很可能是將日前馬閃真正的主子遇刺時的賊人所用之物，拆解之後畫成了圖。

「哎呀哎呀，我看這是西方的最新式樣吧。不是舊有的火繩式，關鍵似乎就在這兒。」

說著，羅漢指指扳機的位置。槍機前方裝的不是火繩，似乎是另一種機關。馬閃不禁疑惑地偏頭。

「看圖可能看不太出來，裝在這裡的其實是打火石。」

羅漢進一步瞇細單眼鏡底下的眼睛說。

「有了這個就不用火繩了。既不常擦槍走火，構造還意外地簡單。」

「那可真是不得了啊。」

子昌邊摸鬍鬚邊說，看不出表情代表什麼意思。

「正是，假若大量生產，想必可以編成一支全新的勁旅。有了此種兵器，就能編制更為密集的師旅，而且最大的好處是易於移動。簡直就像增加了一枚可橫向移動的長槍。」

「長槍」指的或許是將棋中的香車。原本只能直向攻擊的棋子，若是加上橫向動作，可以想見會構成多大的威脅。

「想不到這樣的東西，卻握在蓄意謀害東宮性命的凶徒手裡。」

羅漢一副搖首痛心的模樣，嘴上卻還在笑著。我看這男的開心得很，絕對開心得很。就算馬閃再遲鈍也看得出來。

「這就怪了，此種兵器是經由何處流入我國的呢？」

「這就不得而知了。這不是該由閣下那邊去查的嗎？」

對於羅漢的詢問，子昌回話：

「話是這麼說沒錯，但傷腦筋的是，負責部門的人似乎是下手太重，知道兵器來處的人全都無法再開口了。」

是什麼事情下手重，就不言自明了。不但是罪人，而且還是企圖對皇族行刺，這些人已無人權可言。

但是為了讓對方開口而進行拷問卻下手太重，是嚴重的過失。會讓人不禁懷疑那個部門官員的辦事能力。

「本來還以為能查到出處呢。」

羅漢如此說，先是雙臂抱胸，接著從衣袖裡取出一個紙包。紙包裡似乎是切好的月餅，他拿起來就往嘴裡送，嚼了幾口吞下去，卻讓長滿鬍渣的下頷沾到了碎屑。身後的隨從一臉傻眼地看著。

「不知閣下有沒有聽說過什麼類似的傳聞？」

置身於滿室桂花、果子露與點心的甜香中，羅漢開口。他目光如炬，笑得開懷。

「若是有所耳聞，早就報告上去嘍。」

子昌端起杯子晃晃裡頭的液體，只是目不轉睛地看著。

「是嗎，那真是遺憾。」

羅漢如此說完，大大地嘆了口氣。然後將攤開的紙重新收回懷裡，又拿出另一張紙。

「那麼，進入正題吧。」

方才那番話居然不是正題？馬閃吃了一驚。

這個狐狸軍師總是做些把人嚇破膽的事情，馬閃正覺得無法苟同時，羅漢又把紙攤了開來。這次是一張白黑圓點當中寫有數字的圖畫。

「……這……這是……」

馬閃忍不住問道。不知怎地，羅漢身後的隨從目光飄遠望著天空。馬閃沒來由地想起了父親高順。對方那位隨從一定也吃了不少苦吧，馬閃由衷感到同情。

「這是我昨日與內子下的圍棋棋譜。」

「內……內子？」

馬閃記得聽過此事，說是那個古裡古怪的羅漢為煙花巷妓女贖了身。而且還是支付了能建造一座城池的鉅額身價，據說煙花巷舉辦了整整十日的熱鬧慶典。

羅漢的臉龐變成了莫名傻氣的痴心神情。可以看出周圍所有人都對他那副神魂蕩漾的模樣敬謝不敏。蒙面公子肩膀在發抖，老貍妖似乎也在盤算著如何開溜。

「她這棋路啊，那可是宛若削鐵如泥的利刃呢。在與她下棋之時，我不知道背脊酥麻了多少次……」

馬閃雖然尚且不解男女之情，但至少他知道這個男人所談的夫妻之情，跟一般男女有很大差別。

「誰能想到在中盤的一步會下在這兒？我九死一生才逃過這劫，下一步卻又攻了進來。」

然而，此時羅漢卻臉龐泛紅，極度興奮。不過談論的內容是圍棋，馬閃對棋藝不感興趣，有聽沒懂。至少他聽不出來哪裡有讓人興奮的要素。

本來還以為會講個沒完沒了，但老貍妖忽然站了起來。

「抱歉打斷閣下高談闊論，我還有公務在身，先行告退。多謝招待。」

「那真是太遺憾了，這可是場相當精彩的棋局啊。日後我將這份棋譜抄寫一份，配上解說冊子送到您府上吧。」

「……呃不，這就不勞費心了。」

看來就算是老貍妖也不免嫌煩。

「不，還請子昌閣下千萬別客氣。上回的棋譜我也會一併附上，謹供閣下詳讀。」

老實說，這男的真喜歡強迫人接受不要的東西。

子昌似乎也認為現在最好乖乖接受，便點了個頭。羅漢見狀，咧嘴笑了起來。

「哈哈哈，一開始何必跟我客氣呢？對了，這個也順便送給你吧？務必希望閣下能用玻璃杯享受這美麗的**赤紅**。我與閣下似乎很談得來，希望能與你慢慢聊聊內子的話題。」

「說得是。」

「所以，希望閣下能夠回心轉意。」

哦！馬閃暗吃一驚。蒙面公子似乎也有同樣想法，肩膀稍晃了一下。

然而子昌一言不發，就這麼離開了涼亭。馬閃偷瞧子昌留在石桌上的銀杯一眼，裡面剩了一口果子露。

「很稀奇的顏色吧，這世上也有綠色的葡萄。」

果子露是綠色的，一點也不紅。

「跟叔父說的一樣。」

羅漢吃了剩下的月餅，喝光剩下的果子露。然後——

「那麼，從第一百八十步繼續。」

他繼續開始解說棋譜。

留在現場的四人當中，三個人都目光飄遠望向了天空。

後來馬閃他們足足過了半個時辰才回到書房，明明沒做什麼事卻莫名地疲倦。

「我稍微理理頭髮好嗎？」

「您請自便，有屬下看守，請慢慢來。」

書房裡只有馬閃與蒙面公子兩人。公子今天好不容易說出的第一句話，嗓音以男子來說高亢了點。

取下蒙面布後，整齊綰起的頭髮只有一綹貼在臉頰上。此人輪廓纖細，看得出側臉相當端正。說是與父親高順年齡相差無幾，但看起來少說年輕十歲。此人穿著墊高的鞋子，但就算沒墊高，至少也有五尺七寸。抬頭挺胸的模樣，怎麼看都是個美男子文官。

誰能相信此人直到去年都還待在後宮，而且貴為四夫人之一？

在這裡的人物，正是曾為上級妃的阿多。

「可能是老狐狸實在太怪了，老貍妖看起來都還比較正常。」

她坦率陳述感想後，坐到公案前，看看放在案上的文牘。其中除了房間原主的公務之外，還偷偷混入了皇帝分配過來的事務。

「沒幾個人能敵得過軍師大人的。」

「但他似乎很疼老婆呢。」

「……似乎也很疼女兒。」

想起那個女兒，馬閃深深嘆了口氣。他想成為像父親一樣的能吏，但不想像父親一樣勞碌命。可是看來馬閃還真有那天分。

主子之所以動不動就逗弄那姑娘，恐怕是為了那姑娘的父親。姑娘雖是庶出，但她父親除了她這女兒，親人就剩一個收作養子的姪子了。若能拉攏他女兒，將成為今後對抗那狐狸軍師的一個手段。

但是，事情不可能如此順利。既然是那個軍師的女兒，自然也不是個好應付的貨色，今早阿多緊急充當主子的影子，也是為了這個原因。

名喚貓貓的姑娘沒回來。昨晚他們從玉葉妃那兒接到了這份消息。

「要是穿幫不知道會怎樣呢。」

「請別這樣嚇屬下。」

對於阿多的玩笑話，馬閃只能大感頭痛。等到有一天開始擔心起髮線位置，擺明就要跟父親走上同一條路了。

十話　足跡

「貓貓沒回來」。

簡而言之，這就是壬氏昨夜收到的書信內容。雖然基於立場，用詞遣句更一板一眼，但從筆跡能看出些許動搖。而且修書的應該是那個侍女長，可見此事非同小可。壬氏的奶娘水蓮日前曾說過「那個侍女長很有本事」，由此可知那個侍女有多能幹。日前去把貓貓要回來時，壬氏讓水蓮去翡翠宮暫時代理過她的差事。

看書信的內容，她們原本似乎覺得那個姑娘就算一晚沒回來也不會有事，說是她平素即使夜裡溜走，早上也會回來。壬氏親眼瞧見過那姑娘夜裡溜出屋外幾次，所以感到很意外。

到了翡翠宮，以前就在宮殿裡當差的侍女不安地看著壬氏。

她們雖有在做事，但有些心不在焉。新進的侍女代替她們勤快地幹活。

走進迎賓室一看，玉葉妃正悠然坐在羅漢床上等著他。鈴麗公主似乎在別的房間玩耍。

侍女長紅娘的表情有些僵硬。玉葉妃以團扇遮嘴，神態如常。

「娘娘安好。」

「哪裡安好了？」

看來玉葉妃連平常那套寒暄都想省了，直接進入正題。她對情況似乎並沒有看起來這般樂觀。

「還以為又是你擅自帶走了，看樣子似乎不是呢。」

「我做過那種不禮貌的事嗎？」

老實說，壬氏心裡也一樣並不安穩。

「該不會又介入了什麼麻煩事吧？」

「娘娘知道她最後的行蹤嗎？」

「行蹤的話，只到前天中午。」

紅娘插嘴。

她說貓貓去尚藥局準備艾灸用的艾絨。聽說當時羅門表示要撰寫後宮中的養生要項，貓貓也樂意幫忙。

「會不會是去了學堂那兒？」

這是羅門的看法。果不其然，學堂的老宦官說她來過。但在那之後就完全斷了消息。

她去拿艾絨，然後前往學堂。之後去了哪兒？

「怎麼想都是被捲入某種麻煩了。」

紅娘如此說。她佯裝冷靜，語氣中卻聽得出不少焦慮與袒護貓貓的態度。

「我們找過每個可疑的地方，但什麼也沒找著。」

畢竟她是玉葉妃的侍女，事情不便聲張，只好求壬氏幫忙。

壬氏沉吟半晌，雙臂抱胸。照情況想來，不太可能是貓貓自己躲著不出來。雖說她有時行事不顧前後，但很懂得自己的分寸。而且她雖然有些低估自己的價值，但好歹應該知道擅自離開主子身邊會受罰。

要麼是陷入想回來卻有困難的狀況，要麼是弄得回不來了。壬氏考慮了最糟的狀況。

「會不會是做了什麼招人怨恨的事？」

玉葉妃偏著頭說。

後宮裡有著兩千宮女與千名宦官，就算跟其中一兩人性情相衝也不奇怪，最後演變成流血案件的情況也不是沒有。

「要說怨恨的話，應該多得是吧？」

紅娘說道。

「……」

所有人都無言了。最可怕的就是沒人能否定。

特別是水晶宮的宮女等人必定懷恨在心。

「就算貓貓再厲害，一旦挨打也撐不了多久吧。」
貓貓對毒物知之甚詳，但個頭矮，力氣也小。
「要是被一大群人聯合起來毆打，恐怕也凶多吉少了。」
「確實如此，但是……」
高順皺起眉頭。
「微臣不認為她會連一個墊背的都沒拖，就輕易倒下。」
「……」
可以清楚看出大家都是如何看待那姑娘的。就算遭到圍毆，也沒弱小到單方面挨打。她應該會運用聰明才智，設法跟對方玉石俱焚。可是——
「若是繼續這樣毫無理由地銷聲匿跡，按規定必須處罰。」
壬氏這麼說。他雖然給了貓貓許多特別待遇，但還是得公私分明，這點實在讓他心裡不好過。
「不過，目前以找到她的下落為先。」
說完，壬氏決定再查一遍貓貓的行蹤。
到了尚藥局，留著窮酸鬍子的醫官奉上茶水，但顯得有些無精打采。羅門鎮定地正在寫字，看到壬氏等人前來，跛著腳出來迎接。

「是來問貓貓的事吧。」

羅門反應很快，講話應該會比怯懦的醫官更清楚。

「我想再聽一遍。」

「是。」

羅門簡單易懂地解釋當時的狀況，但提供的情報不比翡翠宮多。

「就這些？」

「就這些了。」

壬氏越聽越煩，被高順戳了戳，才發現自己用鞋子在跺地。壬氏心想不能這樣下去，看了看尚藥局四周。

「……今天毛毛不在嗎？」

「似乎是去散步了。」

不知怎地，回答的竟是語氣遺憾的高順。壬氏知道這傢伙最近每次前來後宮，都會帶著小魚。

本來以為摸摸那團毛球有助於心靈平靜，偏偏這時候不在。

「平常到了這時候，牠應該會回來要飯才是啊。」

「今日似乎慢了點呢。」

醫官與羅門面面相覷。

「對了，小姑娘離開這兒的時候，毛毛一直黏著她不放呢。」

醫官邊摸下頷邊說。

這事是初次耳聞，但不是什麼大不了的事。壬氏以為小貓本來就會那樣找人玩耍，然而羅門作出了反應。

「是這樣的嗎？」

「是啊，以找人玩耍來說有些糾纏不休。那時候羅門兄應該正好去了茅廁，她好像說到嬪妃夜裡睡不好。」

「……」

羅門陷入沉默，接著前往隔壁擺滿藥櫃的房間，望著那兒無數排列的抽屜。然後他打開其中一個，把乾燥的圓形果實放在藥包紙上。

「莫非她是帶了這個離開？」

「嗯──這我就不記得了。」

說完，醫官看看抽屜裡的東西。

「記得之前裡面應該比這更多才是，或許是拿去了吧。」

羅門默默點頭回覆醫官所言，然後看向壬氏。

「小人斗膽，可否准許小人去找毛毛？」

然後他補充一句：

「說不定能順便找到貓貓。」

羅門神色沉穩地說。

看來他心裡有些想法。

貓貓與養父在這種地方真是一個樣子——壬氏心想。

「找貓能派上什麼用場？」

「也許有用，也許沒用。」

說著，羅門跛著腳往前走。聽聞這位宦官在被逐出後宮之際，讓人挖去了一邊膝蓋的骨頭。據說是為了當時東宮之子——也就是當今皇上的第一位龍子過世而被問罪。嬰兒早逝是到處都有的事，如果為了這種事受罰而被逐出後宮，只能說運氣實在不好。

羅門將奇妙的乾果放在手上盯著瞧。那是他從藥櫃拿來的生藥。

「真是好藥，東西還新，香味也濃。」

說完，他看看四周。高順拿著小魚走在壬氏身後。偶爾會傳來低沉的「喵～」一聲，但就當作沒聽見吧。要是馬閃看到肯定會臉色發青。高順在兒子面前，總是努力扮演不苟言笑的父親。

其他宦官也分頭到處找貓。

「貓的行動範圍其實不會太廣。」

說是再廣也不會移動到半里之外。當然個體之間也有差距。

「發情時範圍會多少擴大一些。牠年紀還小，講這或許是言之過早了，不過……」

羅門正要繼續說時，後方有人出聲呼喚他們。

「壬總管，找到了。」

分頭找貓的其中一名宦官說是找到了貓。眾人跟著走去。

地點在後宮的北側，但與南側只隔著一堵牆，牆上有著似乎能供小貓通行的小洞。除了中間有一堵牆，跟當初發現幼貓的地點距離不遠。

毛毛懶散地倒在地上。牠軟趴趴地躺在樹下，一副邋遢相。樹幹上有抓痕，貓兒身旁掉著小顆乾果。

壬氏蹲下摸摸毛毛的下頷。結果毛毛繼續瞇著眼睛，翻了個身。

「與其說是在睡覺……」

看起來倒像是喝醉了。

「這是……」

壬氏拾起掉在地上的乾果，發現跟羅門帶來的生藥是同一種東西。羅門正目不轉睛地看著那棵樹，特別是布滿清晰爪痕的部分。他看見樹洞裡另塞了一顆乾果，又從乾果後面挖出了一團皺巴巴的紙屑。

「這恐怕是貓貓做的了。」

羅門打開紙團看看，但上面什麼也沒寫。

「她想表達什麼？」

「這得回一趟尚藥局才知道了。」

羅門說完，抱起腰肢無力的毛毛回去了。

貓貓與羅門的共通點，就是沒人能猜出他們的下一步行動。大概是覺得與其事先說明，不如實際演練比較容易讓對方理解吧。智者在跟才智較差者說明時，這種方法比口頭說明更為好懂。

「此藥乃木天蓼，貓都喜歡這個，會變得像喝醉了一樣。若用這個沏茶有助於改善畏寒體質，具有安眠效用。」

貓貓大概是想將這個帶去給玉葉妃吧。

而在陷入意外狀況時，貓貓使用了這個。發現的可能性很低，有可能永遠沒人找著。但此刻貓貓留下的東西就擺在這兒。

她必定是認為如果是羅門就有可能發現，才會這麼做。壬氏能明白貓貓為何如此敬重羅門這號人物。

羅門拿出方才那張紙。紙上什麼也沒寫，但其中應該有著某種意義。

「以前那孩子很喜歡這樣玩。」

說著，羅門點燃蠟燭。從包了石綿的火種取火後，燒出了滿屋的甜甜蜜香。

他拿方才那張紙稍微烤一下火，只見紙張上慢慢浮現出文字。紙燒得很快，羅門迅速將它從火上拿開。

「將果汁或茶沾在紙上寫字，然後像這樣烤火，就會只有寫字的部分特別易燃。這次她用的似乎是酒。」

「是了，她有帶酒精走。」

醫官補充說道。這種事情拜託要早講。

換言之，紙上只有寫字的部分會燒焦，使文字清楚浮現。

而上面寫的是……

「『祠』？另外還寫了個什麼字，但字跡太亂看不懂。看來是燒過頭了。」

「總管恕罪。」

羅門道了歉。這怪不得他。

除了「祠」之外還有一個字，紙上就寫了這兩個字。按照推測，應該是時間只夠她寫這兩個字。

看樣子貓貓果然不是自己不回來，是回不來了。而她為了傳達身處的狀況，才會做這種拐彎抹角的事。

「敢問那個地方附近是否有祠堂？」

「……我派人找找。」

包括北側的選定之廟在內，後宮裡到處都有老舊屋舍。一兩間祠堂自然是有的，只是就連來往後宮多年的壬氏也不知道到底有幾間。

還有另一個文字，好像看得懂又好像看不懂。可能是為了節省時間，字體看起來有那麼點像簡寫，但字體有一半燒焦。

「是什麼呢？」

「完全看不出來呢。」

關於這點，再拿到翡翠宮去問問玉葉妃她們好了。

話說回來——

「會不會是陷入了進退兩難的狀況？」
「這就不知道了。」
羅門吹熄蠟燭後，動作從容不迫地收拾東西。不同於坐立難安的醫官，他顯得莫名地鎮定。
「……你不擔心嗎？」
壬氏詢問道。莫非這名喚羅門的宦官看似柔和，其實個性冷漠無情？
「會擔心，但小人只能盡小人所能。假若心煩意亂，妨礙到其他差事就太不應該了。」
羅門說著，開始拿出藥材。
「再說，之前她也曾經將近一年杳無音訊。」
「……」
說的八成是遭人擄作宮女那時的事。被他這麼說，壬氏只能啞口無言。
壬氏想起貓貓在當下女的期間，無法與煙花巷取得聯絡，只能默默當差的事。他覺得這兩人果然有些奇怪的地方相像。
照這樣看來，即使貓貓不在，或許也不用為玉葉妃的事擔心。假若嬪妃想找人試毒，再派水蓮代理就是了。但是看翡翠宮宮女的反應，壬氏覺得對方也有可能拒絕。就連那個紅娘都露出畏怯的模樣了。

壬氏走出尚藥局，打算稍稍加快腳步返回翡翠宮。

「壬總管。」

高順板起臉看著他。

「我知道。」

壬氏優雅地緩步前行，不時還對走在路上的宮女面露微笑，表現得像個貴人。

「這字真醜。」

紅娘皺眉說道。

「與其說字醜，感覺比較像是狀況倉促之下，沒辦法好好寫字呢。雖然焦痕是個問題，但字體也是歪的。」

玉葉妃冷靜地評論。鈴麗公主在她膝下玩積木。

「嗯——究竟是什麼字啊？」

玉葉妃沉吟道。

「看起來有點像是『翼』這個字。」

「哎呀，哪是啊。下面的部分筆畫更少點。」

「嗯——畢竟貓貓的字跡有點特殊嘛。」

若是比較特殊，就得多找幾個人來看看。

紅娘立刻去叫其他侍女過來。

「哎呀，這應該是『翌』吧。」

「嗯——很接近，但我覺得不是。」

「就是啊，感覺好像還多了幾筆。」

結果三位姑娘之間也沒得出個一致的意見。眾人抱著飢不擇食的心情，接著把新進的三人叫來。

「我也覺得看起來像『翼』或『翌』。」

「我贊成姊姊的意見。」

綁著白色與黑色髮繩的兩名侍女說道。另一名綁紅髮繩的侍女盯著紙上的焦痕瞧。

「這應該是『翠』吧？」

紅髮繩的侍女說。

「喏，這兒，似乎因為有動作而滑掉了，但原本應該是直線。」

「看起來是有點像。可是，這代表什麼意思？」

眾人偏頭不解。

「是因為這兒是翡翠宮嗎？」

「呃……這種時候指示我們這兒會有什麼意義？」

意見此起彼落。

在這當中，只有紅髮繩的侍女皺起了鼻尖。

「……子翠？」

她輕聲脫口而出。

所有人的視線集中到那侍女身上。侍女肩膀跳了一下。

「妳說的那是什麼？」

「呃，呃呃，是之前跟貓貓在一塊的下女的名字。」

紫翠，還是仔翠？總之都不是什麼稀奇的名字，等於要在一堆常見的名字裡大海撈針。

不過，壬氏對「翠」這個字另有印象。

「另外還有個叫小蘭的女孩兒，三人好像常常玩在一起。」

壬氏見過那宮女幾次，是個不怕生，活像隻松鼠的宮女。他很意外貓貓竟然還有其他要好的宮女，不過……

「找出那個下女！」

壬氏對貼身宦官下命令。做事熟練的宦官迅即離開了房間。

「壬總管。」

高順出聲叫他。

壬氏忽然發現，自己臉孔緊繃，手握緊到都留下指甲印了。

他想戴起面具，卻做不好。

過了不久，他們在毛毛躺臥的地點附近找到了老舊祠堂。這間腐朽小廟藏在倉庫後頭，必須仔細找才能找到。

他們找到了以這祠堂為入口的一條通道。是利用無人使用的老舊水道作成的密道。

爾後他們查出赤羽所說的宮女，並未登記在後宮內的名冊上。

而且，她跟一名新進宦官一同下落不明。

十一話　狐狸鄉

貓貓覺得自己簡直是被牽著鼻子走。

（好晃喔。）

她勉強壓抑身體的不適感受，靠著柱子。這裡應該屬於船舶貨艙，裡面堆積著貨物，充滿潮溼的氣味。

「不知道要開往哪裡呢。」

子翠語氣天真無邪地說。

「我也不曉得。」

雖然手腳都沒被綁住，但艙外有人看守，就是仍然女扮男裝的翠苓。

貓貓與子翠穿的都不是宮女服，而是一般村姑穿的那種樸素衣服。翠苓告訴船家說貓貓她們是為了減輕家計負擔而被賣掉的姑娘。的確，女衒應該是最不牽強的假身分了。兩人像這樣被關進船艙裡而沒讓人起疑就是個好例子。

這裡是船上，換言之不是後宮，是在外頭。

貓貓在病坊答應了翠苓開的條件。當時在場沒有人會幫貓貓，假若她拒絕，恐怕就只能變成沉默的軀殼被搬出後宮了。先聲明，絕不是因為抗拒不了返魂藥的誘惑。

貓貓就這樣被翠苓她們一路帶走。宦官忙著當差沒空去注意貓貓，況且宮女正常走在路上並不稀奇。

然後，貓貓被帶到以前她找到毛毛的地點附近，就在牆壁的後側。貓貓心中暗自叫好。翠苓在祠堂裡撥弄某些東西，其間由深綠警戒四下。

貓貓趁她們不注意，用酒精在紙上寫了字。這是離開之際，她偷偷揣在懷裡的。

「貓貓？」

由於子翠忽然跟她說話，害第二個字寫歪了，而且字跡不清。她沾起酒精想重寫時，翠苓轉過頭來。

貓貓急忙將紙塞進附近的樹洞裡，把木天蓼塞進去當蓋子。

（但願阿爹能察覺。）

只要阿爹覺得有哪裡不對勁，就一定會找到貓貓留的東西。阿爹就是這樣的人。只是，由於只有庸醫看到貓貓帶著木天蓼離開，這點令她感到不安。畢竟庸醫就是庸醫，或許莫可奈何。

祠堂底下有個能讓一個人進去的小洞。

這下終於搞清楚毛毛是從哪兒來的了。

洞裡看起來像是陰暗半毀的水道，但以水道而言寬了點。貓貓推測很可能是昔日建造地下水道之際，也一起作了避難通道。

而經由通道走出後宮之後，外頭有輛早已備好的馬車，貓貓她們直接被帶到了碼頭。

然後船舶出海，她們就這樣在船上顛簸著。

（不知道之後會怎樣。）

貓貓思考著該怎麼辦，同時偷瞄子翠一眼。在這種情況下，或許該想想如何讓兩人一塊逃走。

（不……）

貓貓把放在一旁的帆布拉過來。雖然積了點灰塵，布料又很硬，但貓貓把捲起的帆布當成枕頭。感覺裡面好像會有壁蝨，她安慰性地拍打兩下。換衣服的時候，包括消毒用酒精在內的所有東西全被沒收了。不過只有簪子她插在頭上。

「妳要睡覺？」

子翠問道。

「嗯。」

「我也要……」

說完，子翠也把頭擱到了帆布邊上。她安靜到好像平素的吱吱喳喳都只是裝的。

船似乎從海上駛進了河川，海風香氣變淡，泥土的氣味越來越近。配合河川的寬幅，她們換了兩次船，好不容易才上了岸，卻進了一處林子。

「要走一段路。」

翠苓簡短地告訴貓貓與子翠，兩人跟著她走。兩人手上綁著繩子，算是作個提防。沒有刀子恐怕是解不開的。

除了翠苓之外，還有兩名像是保鑣的男子。就算不綁繩子也沒得逃跑。

（奇怪了。）

就太陽的位置與屋外空氣的冷熱變化來看，船應該是往北開。但是在林子裡走著走著，總覺得氣候似乎逐漸暖和起來。而且空氣變得莫名帶有溼氣。

「這邊。」

女扮男裝的翠苓，活脫脫是個從畫卷裡蹦出來的翩翩公子。跟乖巧起來就是個美人的子翠站在一塊，稱得上郎才女貌。

子翠邊走邊頻頻觀察周圍飛動的昆蟲。

貓貓雖不到子翠那種地步，但也邊走邊看有沒有生長著什麼有趣的藥草。這時，她發現翠苓身體震了一下，變成略略靠左邊走。

（她是怎麼了？）

看到她這反應，子翠改走右邊。

（……）

原來是有蛇從樹林間爬了出來。可能是為了準備過冬，蛇身肥壯。

（她怕蛇嗎？）

這貓貓能理解，不管如何佯裝冷靜，有一兩樣害怕的東西並不奇怪。只是子翠的反應讓她很在意。

或許只是巧合，但貓貓心中有種明確的預感。

貓貓忍不住走到小徑之外，抓住了扭動的蛇。趁保鑣還來不及反應，她已經把蛇扔向了翠苓。

「……」

蛇掉在翠苓的腳邊。她臉色鐵青，慢慢地坐到地上。

「貓貓！」

子翠立刻抓住那條蛇扔出去，然後替面無血色的翠苓摸背。她的樣子不對勁，呼吸變得急促，瞳孔也大大張開。

（這可不妙。）

貓貓觸摸翠苓的背，不是摩娑而是慢慢拍打，幫助她調整呼吸。她的呼吸慢慢恢復平靜。

保鑣想靠近，但子翠伸手制止他們。

這下就確定了。

「妳這是什麼意思？」

翠苓好不容易鎮定下來開口。

「只是想作弄妳一下。」

「我看不只如此吧。」

翠苓站起來，然後環顧四下。確定蛇已經不見了之後，呼出一口氣。

「原來妳跟子翠早就認識了。」

對這突如其來的一句話，翠苓面無表情地回答：

「我不懂妳在說什麼。」

「我認為子翠受過的教育比看起來更多，而且言行舉止中流露出良好的教養。」

若是如此，她不可能只做洗衣女這種下人的差事。只是她喜愛蟲子，又在浴殿替人按摩，盡做些不像大戶千金的事罷了。

「這種下女多得是吧，就像妳一樣。」

（像我一樣是吧。）

看來她連貓貓的身世背景都調查過了。

「小貓忽然從密道出現，一定嚇了妳一跳吧。讓妳不但急著去追，還不慎被其他宮女撞見。」

「……哈哈哈哈！貓貓的直覺好敏銳啊，所以才用計讓我們露餡是吧。不過不要再那樣嘍，姊姊最怕蛇了。」

子翠用被繩子綁住的手搔了搔額頭。

貓貓感覺翠苓的表情初次變得溫和了些。

「我不是說了嗎？名字取得太簡單了。」

翠苓用婉勸的口氣說。口氣裡沒有動搖，反倒一副被發現也無妨的態度。

「哪會啊——其他姑娘都沒發現啊。」

只要混雜在下女之中，反正很多姑娘不識字，也不會想那麼多。下女來自東西南北，文字發音也各有不同。

子翠想必是了解這點，才會故意取這種名字吧。真有膽量。

貓貓本來想再提一件事，但最後決定保持沉默。那件事她還不敢確定，就暫且撇開不論吧。

貓貓與子翠初次邂逅，是在發現小貓位置的附近不遠處。他們到最後都沒能查出毛毛是從何處溜進後宮的，不過只要想成是從後宮密道進來，就解釋得通了。貓貓通過老舊地下水道出去後，發現有貓定居在那兒。大概是子翠在尋找通道時，毛毛湊巧迷路誤闖了吧。

況且以下女來說，子翠教養太好了。她似乎有在留心掩飾，但看樣子做得還不夠徹底。當然只要想到沒人會注意那麼多，那種演技其實也夠用了。

子翠之所以開始帶小蘭與貓貓去浴殿，也是為了方便跟正好在那段時期，以宦官身分被派去送洗澡水的翠苓接觸。

貓貓完全被利用了。

「嗯——我這細作(間諜)當得真失敗。」

「下次改進吧。」

就算互開這種玩笑，貓貓的立場還是沒變。這兩人把貓貓帶出來，究竟想讓她做什麼？

（難道想用我來牽制那個男的？）

貓貓想起那個單眼鏡軍師，而露出一張臭臉。這樣做根本是自找麻煩，不會有什麼好結果。

她們究竟明不明白這一點？

「妳知道這麼多，為何還跟來？」
「妳們又為何把我帶來？」
逞這點強應該不會怎樣，至少貓貓認為她們不會當場宰了自己，才敢採取強硬態度。
「……」
翠苓悶不吭聲地又開始走路，貓貓也跟上。或許是表示她目前不打算談這件事吧。只是她幫貓貓切斷了綁手的繩子。貓貓感覺她的意思並不是「想逃請便」，而是「逃跑也只是白費力氣」。
一行人踩著樹枝與枯葉前行，不久就開始看見幾間像是民家的房舍，周圍還有田地。樹木漸漸變得稀稀疏疏，可以看到一處用木造圍牆圍起來的場所。
（與世隔絕的村莊？）
氣氛大概就像那種地方。雖然很難相信在這種林子裡居然有村莊，但就是有。而且還加強了防禦工程讓野獸進不去。
周圍挖了壕溝，雖然規模有差，但跟後宮非常相像。
翠苓從懷裡取出紅布，對著望樓上的人搖了三下。
過了一會兒，大門開啟，吊橋放了下來。
貓貓跟著翠苓與子翠，也走進村莊裡。

霎時間，一股鬱蒸的空氣包住了身體。

（難怪覺得莫名溫暖。）

村莊裡到處都冒著水蒸氣。水道遍布各處，熱氣就從那裡冒出來。

「原來是溫泉鄉啊。」

「嗯，不然誰會在這種地方蓋村莊啊。」

子翠講話一點也不留情面。

除了地點有些特殊之外，村莊內部就是極其普通的溫泉鎮。略嫌土氣的房舍零星分散於各處，穿著浴衣的一些人拿著手巾走來走去。其中有個人格外顯眼。

（異邦人嗎？）

那人蓋著頭紗，但從那身材或微捲的頭髮，一眼就能看出是異邦之人。最明顯的是，身上配戴的飾品都是西方款式。從頭紗露出的髮繩最令貓貓在意，那條紅色髮繩讓她想起以前來過國內的使節。

（不可能吧。）

可能是因為東張西望的關係，咚！貓貓撞上了某人。

「走路不會看路啊！」

撞上的是個比貓貓還小的孩子。看起來剛滿十歲，是個看起來很臭屁的小鬼頭。

「好狗不擋路，知不知道啊！」

貓貓火氣來了。要是這兒是煙花巷的話，她早就一拳捶下去了，但就姑且先忍忍吧，要有大人的風範。然而不用勞煩貓貓動手，一個拳頭已經敲了死小鬼的腦袋一下。

「好痛！」

「要怪得怪你走路不看前面好嗎？」

子翠如此說。

「姊！」

子翠似乎跟死小鬼認識。死小鬼連挨揍的事都忘了，像隻小狗似的繞著子翠轉圈圈。

「咦，這不是翠苓姊嗎？怎麼這種打扮啊，很適合妳耶。」

「多嘴。」

翠苓垮著一張臉，但死小鬼毫不在意。

「我聽人家說，以後再也見不到姊了，結果原來是老嬤子騙我的，對吧？」

死小鬼雖然一副調皮鬼的態度，但似乎是富貴人家的小少爺。身上衣服是好料子，頭髮也綰得整整齊齊。只是門牙掉了兩顆，看起來很呆。

「啊！是因為有祭典嗎？所以妳們才回來了對吧，畢竟明天就是祭典了嘛。」

「是啊，想不到能剛剛好趕上。」

子翠天真無邪地微笑後，環顧了整座村莊。

這麼一說貓貓才發現，家家戶戶屋簷底下都掛著一把草或燈籠。除了穿浴衣的溫泉遊客之外，大家似乎都在忙著做某些準備。

「祭典的燈籠準備好了嗎？」

「我們現在才剛回來，還有沒有剩些好的燈籠？」

「那妳們跟我來。」

死小鬼拉著子翠的手，前往村莊後頭。貓貓只能跟上。

她被帶去的房舍，比起村莊裡隨處可見的樸素民家，氣派到了格格不入的地步。她本以為是村長的家，結果似乎是客棧，掛著整塊木板製成的老舊招牌。之所以比起周遭民家來得氣派，可能是因為此處是用來供王公貴族長期住宿療養的地方。

大概原本就預定來到這裡吧，翠苓向客棧老闆打聲招呼。老闆一副誠惶誠恐的樣子，殷勤地跟翠苓寒暄。

（看來剛才那人，果然是那個使節了？）

客棧門口放了頂構造罕見的轎子，貓貓對那個照料轎子的男子長相有印象。正是那位使節帶來的護衛之一。

（那個使節怎麼會來這裡？）

「妳在奇怪那個使節怎麼會出現在這裡，對吧？」

翠苓向老闆拿了鑰匙，來到貓貓這邊。貓貓看向翠苓，吃驚得差點跳起來，但勉強克制住了。

「妳知道她是使節？」

貓貓個性就是不願意老實回答「對」，偏要回得驕傲無禮。

「在成為屍體之後，還是有很多事等著我做的。」

翠苓罕見地開玩笑說，自己連死了之後都沒得閒。貓貓總覺得她跟之前見過的女官翠苓像是兩個不同的人，也許是死過一遍，把某些事情看開了。

貓貓一邊作如此想，一邊進了客棧。

貓貓被領到一個氣派的房間，豪華到讓人難以想像在這麼個窮鄉僻壤是如何蒐集到這些什物的。房間分成三間，兩間寢室一間起居室。寢室其中一間是一張床，另一間是兩張床。一張床的寢室床鋪附有華蓋，所以這應該是主子的房間，另一間則是供兩名隨從睡了。

子翠腳步聲啪啪作響地跑向死小鬼的房間。

「貓貓也跟我來吧。」

其實貓貓很想在床上躺躺，但既然她都這麼說了，只能跟去。翠苓似乎另有要事，似乎沒鬆懈到願意讓貓貓一個人獨處。

走到客棧的中庭，發現剛剛那個死小鬼正在吩咐下女準備各種東西。

「少爺，有這些就夠了吧？」

「嗯——我想這些應該夠了。」

貓貓好奇看看是什麼，原來是一大堆的面具與花草束。面具全是狐狸形狀，儘管大小不同，但都是純白的。花草除了芒草、稻穗或麥子之外，還有不合季節的酸漿。酸漿早已枯萎，但顏色還沒掉，十分鮮豔。

子翠瞇起眼睛，拿起酸漿。

死小鬼見狀，「嘿嘿。」害臊地摩擦了一下鼻子下面。

「我知道姊妳喜歡那個，就努力找來了。」

（哪是啊，我看是侍女去找的吧？）

貓貓邊想著這些事邊看看白狐狸面具。面具是木製的，表面仔細磨過。看旁邊擺著畫筆與顏料，大概是讓人用這個塗上喜歡的顏色吧。

「嗯，謝謝你。不過，應該不是響迂去找來的吧？」

子翠把貓貓想說的話說出來了。名喚響迂的小鬼這次相當害臊地看向那些下女，小聲地說：「謝謝。」

（哦哦。）

將他從死小鬼昇格為普通小鬼也無妨——貓貓心想。看來這小子還有幾分率真性子。

「很好。」

子翠抱住小鬼，用力抓住他的頭亂摸一通。

「好痛——很痛耶——姊！」

嘴上這樣說看起來卻很高興，八成是因為貼到子翠的胸部了。不但是個小鬼，還是公的小鬼。

貓貓無視於兩人的嬉鬧，開始在狐狸面具上畫臉譜。

十二話　酸漿

這日，壬氏一進入後宮，發現氣氛不同於平時。

壬氏帶著高順與其他數名宦官，正在前往翡翠宮。玉葉妃的身體狀況自數日前就不太尋常，方才接到報告說今早開始有了產兆。

貓貓的養父羅門似乎一直陪著觀察情形，但遲遲沒有分娩。孩子原本就有逆產的疑慮，正是因為如此才會把羅門從煙花巷請來。

嬪妃臨盆一事雖然尚未公開，但眾人應該已從翡翠宮的氣氛看出端倪了。幾名宮女在翡翠宮門前探頭探腦，一看到壬氏，立即紅著臉匆匆忙忙回去當差。

貓貓失蹤已過了十日。

壬氏在臉色有些憔悴的紅娘出迎下進入翡翠宮。走廊上放著大盆子與擱在火盆上的燒水壺，以備嬰兒隨時出生。這樣做也是考慮到早產的可能性。

「娘娘身體狀況如何？」

壬氏盡可能冷靜地詢問。

侍女滿面愁容一言不發，但從房間後頭過來的老人作了說明。

「目前陣痛已停。何時會出生還不明確。」

雖然有點早，但已是嬰兒可能出生的時期了。

「那麼身體狀況呢？」

「娘娘目前並未過度疲勞，情緒也很穩定。竊以為沒有逆產的疑慮。」

看來貓貓的治療奏效了。這雖然讓人鬆一口氣，但還不能放心。

他說目前，或許就表示之後還有變數。

走廊上還有一名穿著醫官服，留著窮酸鬍子的男子。此人才是後宮原本的醫官，但待在這兒似乎只會礙事，侍女都懶得理他。男子腳邊有一隻貓，正是毛毛，外貌看起來已不是小貓而是少貓了。壬氏想了一下這樣是否不太衛生，但牠成功引開了鈴麗公主的注意，避免公主去找玉葉妃。

老實說，後宮有沒有這個醫官都沒有差別，不過壬氏很慶幸現在有他在。這個情緒反應十分好懂的醫官，一方面是覺得必須找點事做，一方面又擔心依然下落不明的貓貓，一個頭兩個大。這讓他做事明顯出錯，使得翡翠宮的宮女甚至還命令他不准亂動。

看到有人比自己更驚慌失色，能讓內心恢復平靜。壬氏就是用這種方式讓焦慮的心情鎮定下來。

「知道了。那麼，我暫時離開一下。有任何狀況可派人知會我。」

「遵命。」

模樣有如老婦的宦官慢慢低頭。

「壬總管。」

羅門一離開的同時，高順出現了。方才壬氏派他去宮官長那裡辦另一件事。

「怎麼了？」

「是，這個嘛……」

高順瞄了周圍一眼，看來最好換個地方說話。雖然孩子隨時可能出生，但也不能一直待在這兒，於是壬氏留下兩名宦官守著，走出翡翠宮。

「所以是怎麼了？」

「是，關於失蹤宦官一事，微臣去問過其他宦官，要他們提供知道的任何事情……」

結果得知失蹤宦官單名一個天字，這種名字隨處可見。據說此人從不與其他宦官來往，容貌秀麗，身邊常常簇擁著宮女，但來歷果然不尋常。據說在那些從邊疆民族奴隸身分獲得解放的宦官當中，只有天跟其他任何一名宦官都不認識。

換言之，此人有可能是在成為宦官的過程中偷偷混進來的。

最合理的猜測是，此人從一開始就是為了這個目的而混入宦官之中。之所以不跟任何人親近，想必也是因為如此。因此壬氏等人一點情報也沒查到，只是一味地枉費時日。

「一名宦官表示，曾經看到疑似天的宦官在廟裡合掌。」

「……這點小事誰沒做過？」

後宮內多得是廟宇或祠堂，信仰虔誠之人隨時祈禱一下並不稀奇。

「但是……」

高順從懷中取出了後宮的簡圖，從中指出位於後宮北側的一間廟宇。

「此處是……」

那是祭祀於後宮內亡故之人的廟宇，也是日前為靜妃舉行葬禮的場所。死於後宮之人，基本上會被送回老家。但也有一些人死後無法回家。壬氏舉步前往後宮北側。

「聽說有人看到他在掃墓。」

「知道是誰的墳墓嗎？」

「那人表示沒看那麼清楚。」

「嗯……」壬氏雙臂抱胸，準備直接前往高順說的地點。

壬氏還有其他該做的事，但他非得一探究竟不可。

基本上，後宮之人都忌諱死亡。後宮是下一位天子出生長大的處所，人們自然會想減少名為死亡的負面因素。

但是同時，侍奉權貴的侍從也有他們的舊習。

一度成為皇帝妾室之人，將永遠被束縛在後宮。當然也有例外，例如基於政治因素而將嬪妃轉讓或賜給文臣武將。但這種人多是權臣之女。至於那些失身又不曾懷上孩子的下女，連載入名冊的機會都沒有，只能等著在這花園內香消玉殞。

而壬氏正要前往的，就是百花長眠的場所。

墳墓數量不到十個，全是先帝時代宮女的墳墓，不知道算多還算少。遺體都是土葬，後宮管理者稍嫌自私地說過，人數增加太多的話就傷腦筋了。墓地已有人先到，難得看到有人會給無名宮女上墳。遠遠就能看出那人是個上了年紀的宮女，她席地坐在最前方一處比較新的墳墓前面。

這個宮女神情顯得略為強悍，看似已年過四十。墳墓前放著不知從何處摘來的小花，另外還擺了酸漿樹枝。壬氏感覺酸漿似乎有些不對季節，可能是這個宮女過來之前別人擺的。

宮女站起來之後注意到了壬氏他們。她一瞬間睜大眼睛，然後恢復正常，慢慢低下頭準備離去。掃墓並不是件壞事，也沒什麼好去注意的。

本來應該是這樣的。

然而，宮女經過的瞬間，壬氏嗅到了濃烈的酒味。簡直就像異國的蒸餾酒一樣，是一種彷彿光是嗅到就會醉倒的強烈氣味。

壬氏一回神才發現，自己抓住了宮女的手腕。壬氏唐突的行動，讓宮女難掩驚訝之色。

「總管有何指教？」

即使如此，她仍壓低聲量強裝平靜，向壬氏詢問。

換作是平素的壬氏，做事應該會更經過深思熟慮，絕不會這樣冷不防抓住宮女的手。

壬氏以為自己很冷靜，卻發現自己比想像中更焦急。

「貓貓到哪裡去了？」

他說出了這句話來。

壬氏感覺到宮女變得全身緊繃。高順以及其他宦官沉默旁觀。

冷靜點，冷靜點。壬氏如此勸說自己。然後，他改用平時那種甜美的嗓音說：

「我想知道一名長著雀斑的宮女到哪去了，妳有看到她嗎？」

壬氏露出平素用來面對宮女的笑容。然而那個宮女非但沒有展顏微笑，反而臉色發青，簡直好像見著了妖怪似的。

宮女深綠的瞳孔一瞬間擴大開來，繼而壬氏抓住的手腕脈搏也重重跳了一下。

壬氏敢肯定，這個宮女絕對知道些什麼。他將手抓得更緊，讓她無法抗拒。

宮女睜大了眼睛。可能是異國混血，眼眸帶點綠彩。

「……我想起往昔的記憶了。」

宮女神情呆滯地注視著壬氏。

「他用溫柔的聲音呼喚我的名字，我受賜了異國的香甜點心。」

大顆的淚珠從宮女的雙眼滾落。

壬氏不明白這個宮女在說些什麼。

「各位似乎不知道那位貴人年輕時的相貌呢。聽說到了晚年，他變得面目全非。當我年過十四之後，那位貴人便不再來了，所以我也不知道他之後的模樣。」

這個宮女說的是誰？她想說什麼？

宮女的深綠色眼眸，懷藏著比那顏色更深的憎惡。

「那位貴人也是嗓音如蜜，美如天仙。」

聲調中帶有確信。

「像您這樣的貴人，為何要假扮成宦官？」

壬氏的手一時鬆開了。宮女沒錯過這個瞬間，甩開壬氏的手逃走。但是周圍有著其他宦官，想逃跑談何容易。她一下就被捉住了。

「壬總管，此人如何處置？」

就在宦官按住宮女詢問時，宮女從懷中取出小瓶子，以嘴拔掉瓶栓，直接將內容物一飲而盡。

「讓她吐出來！」

高順反應比壬氏更快，他指示宦官去拿水來，扶住倒下的宮女，將手指塞進她嘴裡強行催吐。

壬氏只是看著這一切。

「……總管，壬總管！」

高順斥罵般的聲音不禁把他嚇了一跳，看來他發了一會兒呆。宦官拿水來餵宮女喝。

宮女飲盡的小瓶子還掉在地上。壬氏對那形狀有印象，正是貓貓用來裝蒸餾過的酒的小瓶子。濃度過高的酒會變成穿腸毒藥，而這個宮女把它全喝了。

一陣風吹過，放在壙前的野花飛起，酸漿的果實搖晃了一下。

「壬總管，請下令！」

高順講話尾音加重了力道。一回神才發現，眼前有一張眉頭緊鎖的臉龐。

「壬總管，您必須堅強一點，明白嗎？不用把一個宮女的戲言放在心上。」

「是戲言嗎？」

誰會為了幾句戲言就服毒？難道不是因為壬氏一時衝動抓住宮女的手，才會害她服毒嗎？

這個宮女所說的是否就是那位貴人？

「……高順，我跟那位長得像嗎？」

這事自幼就讓壬氏耿耿於懷。自己長得不像那個人，不像哥哥，也不像母親。那麼到底是像誰？因此，他聽信了侍女毫無根據的謠言。相信自己是私生子。

他覺得想笑，自己究竟是為了什麼而像這樣待在女子園囿？為了捨棄東宮的地位，還請求兄長讓自己擁有宦官之名……

如今這一切都顯得滑稽。

他愣愣地站到酸漿落地的墳前。他很想取笑自己一番，但還有事情得做。

壬氏慢慢蹲下，拾起那紅色的囊袋。過了季節而枯乾的酸漿囊袋破了一半，露出裡面的紅色果實。

記得聽過酸漿也能作為墮胎藥的材料。為何將這樣的植物裝飾在墓碑前，只要看看刻在墓碑上，註定將漸漸風化的名字就知道了。

「大寶」。

一個到處可見的宮女名字。近年來京城人不太喜歡這種名字，都是鄉下姑娘在取的。但是在刻於此處的名字當中，壬氏無法忘記這一個名字。

此人乃是去年死去的宮女。在不見天日的後宮當中，唯一的樂趣是蒐集鬼怪故事的可憐女子。

據說那名女子舉目無親，但可能只有一個例外。

假若她與宮中醫官私通而生下的女兒還活著的話。

名為「大寶」的宮女、失蹤的宦官與下女，然後是——

謎團的片段還沒拼湊起來。但是，有種直覺補其不足。壬氏為了將直覺化作確信，前往一個地方。

假若當時生下的孩子還活著，那就比皇帝大兩歲。

據說孩子讓被逐出後宮的醫官收養了。一般認為醫官後來下落不明，但這點令人存疑。

關於那件事，有個地方讓壬氏在意。

名喚大寶的宮女，當時是一位嬪妃的侍女。其實那位嬪妃正是樓蘭之母，也就是子昌之妻。此宮女原為樓蘭妃之母的遠房親戚，與子字一族關係匪淺。

既然這樣，對宮女與失蹤醫官生下的孩子，樓蘭妃或許知道些什麼。

壬氏一有這個想法，即刻舉步前往石榴宮。

直至去年都還以簡素為尊的宮殿早已蕩然無存，變成了充滿異國情調的絢爛宮闕。

壬氏稍稍用力敲門，立刻就有侍女前來為他開門。

壬氏輕嘆一口氣，然後努力擺出一如平常的笑容。侍女羞赧地行禮，請他進去。

通過滿是華麗螺鈿裝飾的走廊，他一如平常地被請進迎賓室。這座宮殿的女主人正等著他，像平素那樣躺在羅漢床上慵懶地磨著指甲。

壬氏眯起眼睛。周圍有六名侍女聽候吩咐，畢恭畢敬地伺候著樓蘭妃。她們上上下下無不打扮得花枝招展，這天穿的是東方島國的民族服飾。一層疊一層的衣裳鮮豔亮眼。

就連侍女也穿著看不出體型的多件衣裳。但嬪妃卻畫著鳳眼妝，讓臉孔看起來尖銳犀利，實在怪異。

壬氏覺得看起來簡直像隻狐狸。

她為何要把自己打扮得如此花俏？壬氏一肚子的疑問。難道不知道皇帝就是受不了她這種花俏打扮嗎？

壬氏所知道的樓蘭妃，是子昌的女兒，也是充分明白自己身分的上級妃。

樓蘭妃以羽毛團扇遮嘴，向侍女耳語。他先是驚訝於嬪妃竟用如此內向含蓄的方式說話，隨即發現這是大錯特錯。

壬氏是抱著微薄希望而來的，因此他注意到了平素不會察覺的小細節。

嬪妃的太陽穴上有顆痣。她似乎想用化妝掩蓋，但微微浮現了出來。也許是流汗讓白粉糊了。
假如他記得沒錯，樓蘭妃應該沒有那顆痣。
侍女準備了椅子，但壬氏坐也不坐，邁著大步走向樓蘭妃面前。
「您這是做什麼？縱然是壬總管，這樣也太失禮了吧。」
一名侍女橫眉豎目地說，忘了她叫什麼名字。壬氏自認為有將各宮殿各有幾名侍女，又都是些什麼人，以及她們的出身姓名全記在腦子裡。然而，石榴宮的侍女總是作不同的穿著化妝，更麻煩的是連體型都很相似。
因此即使記得名字，也記不得是哪張臉。所以，他都是用痣或眼睛的形狀等部位來記。
壬氏伸出手去，用手指夾住樓蘭妃拿著的團扇，直接往旁一丟。
「這……這是做什麼！」
一名侍女叫了起來。
樓蘭妃看似害怕地轉身背對壬氏，侍女擋到兩人之間保護她。看起來像是忠心護主，但並非如此。
壬氏對帶來的宦官使個眼神。宦官抓住眾侍女，將她們拉離樓蘭妃身邊。
壬氏稍稍用力地抓緊樓蘭妃的肩膀，硬是讓她別開的臉朝向自己。
雖然臉上畫著濃妝，但臉頰都紅了。

「記得應該有七名侍女吧。」

壬氏確認性地說。

身為子昌掌上明珠而備受呵護的千金，入宮之際，帶了五十名以上的隨從同行。

壬氏抓住樓蘭妃的臉，用手指抹掉眼角的妝。內雙的厚眼皮露了出來。太陽穴上有痣的是哪個侍女？

「雙凜……不，妳應該是叫漣風吧。」

壬氏面露笑容以免怒形於色。但假扮成樓蘭妃的侍女滿面的紅霞變成了鐵青，全身簌簌發抖。

「壬……」

一名侍女又想岔進來設法掩飾，但壬氏瞥了她一眼。侍女身子一抖地往後仰，當場僵住了。

「真正的娘娘去哪了？」

也許從一開始就全都設計好了。無論是帶大量隨從進入後宮，盡挑一些相貌與自己相似的侍女，或者總是奇裝異服，讓她即使暗中與人掉包也不會被發現，都是計畫的一部分。

也就是說，她從一開始就是如此打算的。

既然如此，她本人到哪裡去了？

「她去哪了？」

「……」

假扮成樓蘭妃的侍女只會發抖，什麼也不肯說。

壬氏加重了手上的力道。

「她去哪了？」

他問第三遍時，方才試著介入的侍女硬把身體擠了進來。她抱住假嬪妃保護她，愁眉苦臉地看著壬氏。

「請總管恕罪，這姑娘是真的不知情。」

由於侍女穿著打扮相差無幾，方才壬氏沒有察覺，現在才看出這個侍女似乎比假樓蘭大上幾歲。

「請總管開恩。」

侍女說著，困窘地看向假嬪妃的腳下。

長裙溼了，水滴沿著雙腿從腳尖滴滴答答地落下。看來假嬪妃是驚嚇到失禁了。

壬氏放開了抓住的假嬪妃下頜。假嬪妃睜大雙眼，瞳孔已放大到極限。她呼吸粗重，渾身顫抖。

白皙的脖子與下頜，留下了壬氏抓過的清晰瘀痕。

這種粗魯暴躁的應對方式，完全違反了宦官壬氏的作風。

讓高官的女兒進入後宮，其實對皇帝也有好處。

高官若是女兒有了身孕，孫兒也有可能坐上龍椅；但另一方面，對他們也有些不利之處。

雖然不是每家父母都是如此，但也有些人將女兒當成心頭肉。名為後宮的鳥籠，同時也是將寶貝女兒抓為人質的牢籠。

想到子昌對後宮的強硬做法，看來是真的很疼女兒。

而他這個女兒，身分是上級妃。皇帝這邊必須好生相待的同時，樓蘭也得遵守最低限度的規矩。

之所以不再需要稱呼一聲「娘娘」，正是因為她違反了規矩。

「娘娘說她不會再回來了。」

方才那個侍女嚴肅恭謹地說。這名女子是樓蘭的侍女長，代替假嬪妃回答壬氏的問題。假嬪妃此時連呼吸都有困難，實在無法與人交談。她只是因為長得最像樓蘭而被迫冒充嬪妃，似乎不是很明白狀況。

大概是以為就跟平常一樣，樓蘭只是一時興起才命令她當替身。

壬氏緊握拳頭。

剛才實在不應該。他明確地感受到，作為笑容柔和可人的宦官壬氏，剛才那樣做是錯的。但是當時壬氏的心情沒平靜到能採取其他手段。

樓蘭說不會再回來，可見應該是逃出後宮了。

逃出後宮乃是重罪，有時會判處極刑。若是上級妃犯法，更是罪加一等。

藥舖姑娘以前說過，這就像娼妓想逃出火坑一樣。竟然把太子出生之處比作煙花巷，真像那個姑娘的個性。壬氏臉上浮現了苦笑。

而那個姑娘，到現在還沒找到下落。

照貓貓的個性來說，也有可能是她自願跟去的。但是被強行帶走的可能性更高。

究竟是為了什麼？

其中仍有未解之謎。

壬氏想向侍女長問個清楚，但她只是搖頭。雖然嚴刑拷打也是個方法，不過壬氏認為只會白費力氣。

侍女長的眼神不像在說謊。

石榴宮的侍女、下女與宦官之類與樓蘭有關的一干人等，全被關進了同個地方。在後宮辦過講學的那間講堂空間正好夠用。

為了以防萬一，壬氏讓宦官實事求是地把後宮裡每個宮女查過一遍，但目前還沒找到疑似樓蘭的宮女。

情況實在不允許壬氏陪伴玉葉妃分娩，雖然心裡牽掛，但還是讓高順代理了。

壬氏在書房抱頭煩惱。

「適才羅漢大人殺來後宮，險些破門而入。」

可能是因為情況緊急，馬閃跟在壬氏身邊。

「……」

他臉頰抽搐，好像連笑都笑不出來。那個單眼鏡軍師就是會做出些讓人失聲慘叫的事來。

「看來是在某些地方走漏了風聲。另外……」

馬閃一副啞巴吃黃蓮的表情接下去。

「目前尚未掌握到子昌的行蹤。」

直呼名諱的理由再清楚不過了。女兒樓蘭逃離了後宮，父親子昌也會被視為欺君罔上之徒。

關於喝下酒精自盡的深綠，馬閃也順便報告了一聲。說是勉強撿回了一命，但仍然昏迷不醒。據說深綠與名喚大寶的宮女互相認識。可以斷定必定是出於這份關係，才會像這樣與樓蘭共同謀反。如今先帝已逝，壬氏推測她的憤怒就轉移到了後宮此一大目標上面。

病坊裡的其他宮女，連是誰唆使此事都不知道。之所以默默合作，想必是因為她們都跟深綠同為先帝的犧牲者。

沒時間讓壬氏在這裡磨蹭了。他滿心焦急，恨不得能立刻衝出去找樓蘭。

但是所知線索太少了。就算現在急忙動身，也只是海底撈針罷了。或許必須先追查子昌的行蹤……不，這應該有其他人去辦了。

因此，壬氏只能在書房裡來回踱步。

「壬總管。」

在這時候，馬閃瞄了壬氏一眼。似乎有客人來到了書房前，意思大概是叫他別一副難看的樣子。

不得已，壬氏坐到椅子上佯裝平靜。

馬閃看著房間裡藏在死角的鏡子，略為偏著頭，在書房門前等候來訪者。

進來的是一位小個頭的文官。此人頭髮微翹，戴著圓眼鏡。除了狐狸般的細眼與捲髮之外，是個相貌平凡的青年。

這個氣質讓人覺得似曾相識的青年，將手揣進衣袖裡作揖。壬氏發現他衣帶上掛了個東西，凝目一看，似乎是算盤。

「有幸得睹尊顏，微臣名叫漢羅半。」

青年作過簡略至極的自我介紹後，咧嘴露出笑臉。

一聽到名字，就清楚知道他是像誰了。

講到漢姓家族，可能誰都想不到是哪一家。在茘國，姓氏全部加起來也不到二十個。因此講到一個人的家世時，經常是以代代相傳的「字」來談論。除此之外還有一種字，由皇族自古以來賜給每個家族。

以這名男子來說，名字裡的「羅」即為字。能以「羅」家之人稱呼的，在外廷當中僅有兩人，就是羅漢與他的養子。再來頂多就是日前以醫官身分進入後宮，名喚羅門的男子可算在其內。

壬氏不明白羅漢的養子為何登門拜訪。

「那麼，你找我何事？」

以官位而論是壬氏為上。從這點來想，突然現身的男子羅半可說不懂禮數。但若是每次遇到這種問題都要板起臉孔，事事會窒礙難行。有些官員還會因為壬氏是宦官，而用更不懂禮數的態度跟他說話。

「微臣想請總管看看這個。」

羅半從衣袖中取出了一只卷軸，將它交給一旁待命的馬閃。馬閃瞇起眼睛，邊看邊交給壬氏。

由於對方是羅漢的養子，壬氏認為帶來的東西必定有其意義在，於是決定坦率地打開看看內容。

壬氏輕快地解開帶子，看看裡面寫什麼。

「！」

「總管以為如何？」

羅半露出得意的討厭眼神，觀察壬氏的神情。

雖然他一副「如何，很驚人吧」的洋洋得意嘴臉，但裡面寫的內容倒也真的驚人。

不過就是一連串的數字與字詞。但換個角度來看，卻會具有不同的含意。

「此乃養父最近感到在意，要微臣作的調查。突火槍來路不明似乎讓養父耿耿於懷。總之，微臣先對日前遭受處罰的官員作了身家調查，結果看出了頗有意思流向。」

那是財務出納簿。只要隸屬於管理國庫的部門，都能閱覽這本帳簿。即使是其他部門之人，只要照規定程序走也能閱覽。

「能直接看過帳簿的話最快，但數量太多了點，因此微臣從看到的範圍裡摘錄了一部分出來。」

說是摘錄，但列舉得有條有理，就連不精財務的壬氏都看得懂。從內容可以看出，有個官署在這幾年，流轉的銀錢數量明顯變多了。

「這真是有意思。這幾年來，分明沒有旱災或蝗災，糧價怎麼會漲呢？微臣覺得奇怪，於是也查了一下城裡的價格，發現這數年來價格還沒這麼穩定過。」

羅半裝模作樣地說。

似乎是趁著一些東西漲價，把其他東西也每個月一點一點提高了價格。

「另外還有一點，就是鐵不知怎地也漲價了。這是全國的金屬都在漲價，莫非是哪個地方在鑄造大型塑像嗎？」

名喚羅半的男子想說什麼，壬氏聽出來了。

壬氏放下卷軸，看著精明個性跟養父如出一轍的青年。

穀物的價格本身似乎不算太高，但數量龐大，一旦漲價，差額將相當可觀。

羅半是在暗示，也許有人在侵吞這筆差額。

至於金屬，整體價格上漲表示需求量有所提昇。當有人開辦大型事業，或是為展現權力而立碑造像時，會從各地徵收金屬，連鍋子或農具都收來熔煉運用。

至於其他可能造成漲價的原因，則是——

「若是讓微臣來做，可以更詳細地調查這數年來的財貨流通，以及最終流向何處。」

羅半講出了壬氏想要的答案。

簡直好像打從一開始，就是來講這句話的一樣。

壬氏感覺羅半的眼神似乎意有所指。他會把這樣的東西帶來給壬氏瞧，就是為了此一目的。

像他這種人除非在某方面利害關係一致，否則是不會採取行動的。

「所以，你要什麼？」

壬氏開門見山地說。

大概是早就在等這句話了，羅半的眼神鬆緩了些。

他略顯尷尬地從懷裡取出一張紙。

「這上面的金額，能否請總管通融一下呢？」

出現在眼前的，是寫著後宮牆壁修繕費的估價單。

看來應該是羅半的義父羅漢弄壞的。

十三話　祭典

人家拿給貓貓的衣裳，是純白上衣與紅色裙裳，以及紅白雙色的襦裙。她穿起衣裳後戴上狐狸面具，點燃裝飾著芒草或稻草的燈籠步行。說是要一路走到村莊外圍的神社。

男子穿著藍色衣服，孩子們臀部掛著捆起的稻穗或芒草當成尾巴。

此地信仰的大概是胡仙，也就是狐神了。狐狸是豐穰之神，有不少土地會祭祀這種神仙。

在這秋實累累的季節，會有大型祭典是極其自然之事。

叮叮鈴聲響起。貓貓的身旁有個明明是狐狸，眼睛周圍卻畫上傻氣眼線的面具。人家畫眼妝都是紅色，這個面具卻塗成綠色，而且眼尾看起來還有點下垂。

「簡直像隻貍。」

貓貓看著子翠的面具說。

明明那麼會畫蟲子，難道是不擅長畫動物嗎？貓貓一想，忍不住笑了出來。

（雖然現在不是笑的時候。）

可是，貓貓這人就是樂觀，覺得想東想西也沒用。

「貓貓的很像貓呢。」

是子翠的聲音。她簪子上掛著鈴鐺，每次她笑就跟著叮叮作響。那鈴聲聽起來，跟子翠以前收集的昆蟲鳴聲很像。仔細一瞧，簪子前端有隻玉作的昆蟲。她還真喜歡蟲子。

「喏，貓貓也要戴好。」

說完，子翠從貓貓背後幫她把面具帶子綁緊。但是因為帶子正好繞過束起頭髮的位置上面，不好固定。

「真是，我要重綁，妳坐下來。」

說完，她讓貓貓坐在客棧的欄杆上，將整把頭髮拉到一旁重新綁好。

「嗯──總覺得缺了點什麼呢，只綁髮繩太樸素了。」

「我不在乎啊。」

「有了，我的簪子借妳。我有支蜘蛛網形狀的簪子，很可愛喔。」

容貓貓鄭重拒絕。貓貓在懷裡摸了摸，裡頭有壬氏以前給她的簪子。看起來樸實無華，但卻是好東西。基本上貓貓都是綁髮繩，所以大多都不插簪子，收在懷裡。

「這個妳幫我插。」

「啊──」

不用回頭看看，她嘟嘴的模樣就清晰浮現眼前了。貓貓不容分說地把簪子交給她。

「貓貓，妳這東西不錯耶。」

「是人家給的就是了。」

真佩服他能隨便給人這種東西。

「欸，如果我跟妳要，妳會給我嗎？」

「……不行。」

貓貓鄭重拒絕。她想起以前曾經打算隨手送人，結果還是沒送出去。要是真那樣做，誰知道那個假宦官又要橫眉豎目地說些什麼。

（雖然不要告訴他就沒事了。）

但壬氏莫名地會看貓貓的表情。雖然一方面是因為交情久了，但他對於貓貓細微的表情變化實在很敏感。雖說貓貓的臉部肌肉不是很靈活，一直以為自己頂多只是臉頰歪扭跳動幾下而已。

當然，就算她現在把簪子給了子翠，只要不能平安回到京城，這些事都只是杞人憂天罷了。

「來，弄好了。」

子翠拍了貓貓肩膀一下，她站起來。頭髮束在右耳後方，面具戴起來容易多了。從面具上的小孔看看村莊，會覺得世界變得截然不同。或許因為是晚上，也或許因為火把的火光在搖曳，周遭戴面具的人們看起來真的就像狐狸。

雖然站在身旁的是隻綠貍。

不只有子翠把眼角染成綠色。貓貓偶爾也會跟綠眼狐狸擦身而過，幾乎都是穿著藍色袴子的男子。

綠色眼角也許具有某種含意。

「好像到了別的世界呢。」

「嗯。」

說得沒錯。

「不會覺得很詭異嗎？」

「講得太直接了吧。」

但貓貓也有同感。

腳上套著的不是平時的鞋子而是木鞋，隨著步履叩叩作響。再加上鈴鐺的叮叮聲，以及林子那頭傳來梟鳥的鳴聲，這些交相融合之後形成了不可思議的音色，越聽越像是狐狸在「空——空——」地叫著。

在狐狸的鳴聲中，兩人在酸漿與稻穗燈籠的照耀下步行。

在林子中開墾出的田埂上走著，有時會聽到難聽的咕沙一聲。都說飛蛾撲火，這兒也有些蟲子被路旁等間隔設置的火把燒死，而且是到處都有。

「今年好像飛蝗比較多。」

所以更需要舉行大型祭典。祭典就是用來作這類祈福的。

「妳知道為什麼這兒祭祀的神仙是狐狸，而且是豐穰之神嗎？」

「不知道。」

子翠一邊叮叮作響地走著，一邊說道。

「這個地方啊，以前住的都是同個民族的人。」

不過後來有另一個國家的人民，從西方來到此地。當然，人們沒有單純到會立刻接受外人，幾乎所有村子都叫外人滾出去，把他們趕走。

但是，有少部分的村子接納了他們。

「這些來自西方之人有著豐富的知識，那些村子裡有人明白它們的價值。」

像是讓田地豐收的知識，或是驅除害蟲的知識。有些人明白這些知識具有相當大的價值。

但是，也有很多人對此心懷不滿。等到外地人定居下來，與當地人之間有了子女時，附近村子的民眾攻打了過來，要搶田地。

這種事發生了幾次後，他們的子孫為了不讓任何人來搶，不被任何人發現，就偷偷在一處溫泉滾滾湧出的地方建了村莊。

也就是這個村子了。至於狐狸，說的應該是起初來到此地的異邦人。以動物之名作為其他民族之人的代稱不是稀奇事。

換言之，這個村子的神仙正是村民的祖先，村民自己就是狐神。

「聽說這裡的狐狸是白狐喔，所以妳戴的面具一開始也是純白的，對吧？不過當他們開始定居下來後，就把眼睛染上了顏色。」

白狐指的或許是白皮膚。染色可以解釋成混血之後的變化。

（總覺得好像在哪聽過。）

子翠回答了她這個疑問：

「這個村子裡的男人啊，很多人不會分辨顏色呢。」

「不會分辨顏色？」

「嗯，女人倒是偶爾才會這樣。」

（難怪。）

怪不得有這麼多眼角塗綠的面具。這裡有許多戴著綠眼面具的男子。

而子翠的面具，眼角也是綠的。

子翠拿起裝在燈籠上的酸漿囊袋。她弄破橙色囊袋，取出裡面的圓圓果實，用衣袖用力擦擦表面後放進了嘴裡。

「那不好吃喔。」

「我知道。」

「有毒喔。」

「我知道。」

妓女墮胎藥的原料之一就是酸漿。吃了雖不會要人命，但最好少吃為妙。

從西方逃來此地的人民當中，那些遷徙至現在京城的人，就是當今皇帝的祖先；而在北方大地落地生根的，就是此地村民的祖先了。

木鞋叩叩響著。路上零零落落地掛著的燈籠火光，既美麗又詭譎。會讓人慢慢覺得若是繼續走下去，可能會去到另一個不同的世界。

但是，這種不可思議的心情也漸漸淡去了。隨著來到神社附近，就開始看到攤販。聞得到串燒香噴噴的味道，以及糖果的甜香。小販也都戴著狐狸面具，但是恐怕不能用葉片代替銀錢。

子翠冷不防停下腳步，拉開面具，嘴裡嚼了嚼，然後呸一聲把酸漿皮吐到了草叢裡。

「好髒喔。」

「對不起嘍。」

說完，子翠腳步輕盈地走向了攤販。

「要不要吃點東西？」

「子翠請客的話。」

貓貓說著，跟著她走到串燒攤子。油脂飽滿的雞肉讓貓貓口水直流，但是旁邊還放了青蛙與蝗蟲。

「……」

「這個時期的蝗蟲胖嘟嘟的很好吃喔。」

子翠毫不猶豫地吃起刺在竹串上的昆蟲。

「我吃雞肉。」

貓貓雖然也敢吃蝗蟲，但她寧可選雞肉。

「那青蛙呢？」

「這陣子不想吃青蛙。」

「貓貓，妳怎麼眼光飄遠啊？」

看來即使戴著狐狸面具一樣看得出來。子翠說聲「知道了」，從攤販的中年老闆手中接過雞肉串，拿給貓貓。

貓貓拉開面具咬了口串燒。可能因為鹽比較貴，放得不多，取而代之地灑了香草。

「嗯？」

「怎麼了？」

子翠皺起了眉頭，然後又把嘴裡的東西呸到了草叢裡。

「就跟妳說很髒了。」

這姑娘有時候還真粗枝大葉——貓貓心想。現在呸出來的，應該是剛才買的蝗蟲。

「惡劣，那個攤販作生意不老實，裡面混入了飛蝗。」

「呃，我覺得看起來都一樣啊。」

「才不一樣呢，雖然把腳跟翅膀拔掉了，但味道完全不一樣啦。」

子翠吃著剩下的蝗蟲清除嘴裡餘味。這似乎好吃多了，她細嚼慢嚥。

貓貓有吃過蛇或青蛙，但不怎麼吃蟲。農村居民常常會吃，同時兼具驅除害蟲之效，但煙花巷好歹也是京城的一個區域，多得是其他美味佳餚，因此不常有人賣蝗蟲。只是，假若當年蟲害嚴重，農民有時會來城裡賣蝗蟲貼補家計。

神社位於高地上。兩人步上石階。

隨著登上能放眼四顧的高度，可以看到林子外的土地。那是一片廣大平原，再過去似乎有山脈。

（是城鎮嗎？）

可以看見星光以外的光芒。

「貓貓，來吧。」

子翠拉了拉東張西望的貓貓的手。

在大排長龍的前方，眾人取下面具，放在神社前面之後才離開。神社裡紅格柵的內側隱隱約約可看見人影。一個孩子穿戴著白面具白裝束，動也不動地坐著。雖然看不到長相，但貓貓對那面具有印象，是小鬼饗迂畫的面具。貓貓記得那小子看起來粗魯，筆致卻很細膩，畫了個相當漂亮的面具。

「每年都會有小孩子中選，像那樣代替神仙坐著。」

「真佩服他坐得住。」

「呵呵，大家都想當得很呢。但是那樣很累，所以每隔一段時間，趁腳還沒麻掉就會換班。即使如此，我想仍然會是一段美好的回憶吧。」

不知為何，子翠目光飄遠地說。

「再過不久好像就要結束了，我們等一下吧。」

說完，子翠就走到神社後面。

後面有三個小孩，應該是在等換班，但正在談某件事情談得熱烈。

「怎麼了？」

子翠走進孩子們的圈子裡。

「是這個啦。」

其中一個孩子把成串的稻穗拿給她看。但是仔細一瞧，會發現前端的米粒空癟，而且有點綠。

「拿到不好的稻穗了啦。」

「誰叫你不好好挑選？」

子翠傻眼地說。

「就是有些人這麼小氣。」

也就是捨不得把飽滿的稻穗用在祭祀活動上，於是交出沒長好的稻子。

貓貓也看看那個稻穗。葉子長得很健康，但稻殼空癟，也就是**沒有米粒**。只是與其說是稻穗不稔實，看起來比較像是還沒長好。

「這是村長給我的耶。」

「啊——那不行啦。」

一個孩子搖搖頭。

「村長的田，每年都有一塊地方長得慢。村長很小氣，所以都只拿那裡的稻穗用。」

「怎麼可以這樣啊，會被狐狸詛咒耶。」

「誰叫你是去年才來這村莊的。這裡的孩子啊，都知道這件事。你就當作是得一次教訓學一次乖吧。」

孩子失望地垂頭喪氣。貓貓看看自己拿著的稻穗，米粒飽滿。貓貓從燈籠上取下稻穗，拿給孩子。

「真的可以嗎？」

「可以啦。」

反正貓貓也沒那麼信神，拿什麼都沒差。

孩子眼睛閃閃發亮，低頭道謝。

「姊，怎麼樣？」

響迂從神社裡出來，一見著子翠就開口詢問。

換成拿到新稻穗的孩子興高采烈地進去了神社。

「嗯，當得很好，當得很好。」

「嘿嘿嘿嘿。」

什麼叫當得很好，不就是在神社裡乖乖坐著而已嗎？貓貓雖如此想，但就不多嘴了。

「要是娘也看到就好了。」

響迂有些落寞地說，子翠輕拍幾下他的頭。

「好啦好啦，趕快把東西拿去供奉，然後去看火吧？」

子翠說著，指向一座木塔，從方才爬上來的階梯對面往下走就是了。只不過，位置有些奇怪。

「那是湧泉嗎？」

「應該算池塘吧。」

木塔立在水面上，底下似乎是個筏子。

響迂很快就把面具供奉好回來了。

他們從與來時方向相反的階梯下去，那兒聚集了一群已供奉完畢的人。

高臺周圍塞滿了草桿，火堆閃閃爍爍地照亮它。凝目注視，可以看到像是白色面具的東西。

「面具供奉了一整年後，會拿去跟木塔一起燒掉。這時，假若寫下願望的面具能燒光升天，據說願望就能實現喔。」

「我沒寫耶。」

「貓貓妳會信那種迷信？」

說得也是。貓貓看看木塔。與其用那種方式許願，倒不如照正常方法努力比較快。

「才不是迷信呢！」

響迂不高興地說。

「那個一定有用的。我去年也有認真把面具畫得漂漂亮亮，仔細寫上了願望，怎麼可能不會實現嘛。」

他鼻孔噴著氣說。原來他有這麼想實現的願望？

「你許了什麼願？」

「鬼才告訴妳咧！」

「那就算了。」

貓貓其實不感興趣，只是客套問問罷了。但是她這麼容易就放棄似乎又讓響迂不滿意，頻頻偷瞧她。

「看，要放火嘍。」

子翠邊說邊指向一個方向，那裡有個手持火把的孩子，身上垂著尾巴般蓬鬆的稻穗。看面具的圖案，貓貓認出那是剛才與她交換稻穗的孩子。

「響迂不是說想做嗎？」

「哼，我不是小孩子了，那種事就讓其他人去做吧。」

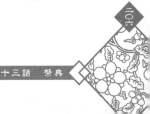

嘴上這樣講，眼神卻有點羨慕地看著孩子。

戴著面具的大人從孩子手中接過火把。大人用那火點燃箭矢後，交給身旁持弓的大人。

那人使勁把弓拉緊後放箭，只見火矢斜著緩緩飛上空中，飛到一半掉下來，正好就插在木塔的底部，真是了不起的本事。

木塔很可能是灑了油，轟的一聲，火苗一口氣延燒開來。受到火焰包覆的木塔啪滋啪滋作響。

「真不可思議呢，上面的木塔會起火，下面的筏子卻不太容易燒掉。」

大概是因為底下有水吧。水會讓筏子維持在一定溫度，應該是因為這樣才不易燃燒。

只有木塔冒出火柱燃燒，放在各處的狐狸面具一個個燒燬。一定就是那道煙將願望送上天界吧。

「啊……」

響迂蠢笨地叫了一聲。木塔倒塌，面具撲通撲通地掉進水裡。響迂定睛注視，想看看自己的面具是否也是其中之一。但是隔這麼遠，應該是看不到的。

能乾淨燒光升天的面具，恐怕連一半也不到。

「無法實現的願望，會沉入池底，變作滋養萬物的恩惠。」

子翠自言自語般地說。

十四話　交易現場

回到客棧，翠苓正等著她們。白天看到她不知去了哪裡，然後就一直沒出現。她正在閱讀桌上的幾本書，一注意到貓貓她們就輕輕闔起書頁，燈火搖曳了一下。

「吃消夜嗎？」

「有就吃。」

子翠如此回答後，翠苓從架子上拿了籠子過來，裡面裝了油條。她倒了兩碗豆漿，一碗放在貓貓面前，看來她也有得吃。貓貓拿涼掉變得有點硬的油條吸飽豆漿，放進嘴裡。豆漿似乎奢侈地加了蜂蜜，味道很甜。

豆漿是製作豆腐時的副產物，但人們不太喜歡它的豆腥味。不過這豆漿裡似乎加了薑去腥，喝起來很順口。

她們在圓桌旁坐成三角形，貓貓默默地吃，子翠聊祭典上遇到的事。翠苓面無表情地看書。起初貓貓以為是藥學典籍而兩眼發亮，結果是昆蟲圖鑑。不是印刷品，上頭有好幾次手寫補充的痕跡。與其說是書，倒不如說成筆記比較貼切。

貓貓盯著翠苓瞧。

「做什麼？」

「沒有，只是差不多想請妳履行約定了。」

「……妳說返魂藥嗎？」

多謝翠苓反應如此之快。

「妳明白自己的立場嗎？」

形式上自己是人質，但她們對待自己的方式很寬鬆。沒錯，就算能逃出這裡，想必也很快就會被捉到。就算能巧妙逃走，但又有什麼法子能抵達城鎮或村子向人呼救？貓貓可不會騎快馬。

但即使是如此，是不是也該把人質關起來或綁起來才對？

這兩人的行動全都讓貓貓覺得不對勁。

假若貓貓問她們有何目的，她們或許會說出來。比起這個，現在更令她在意的是——

「是曼陀羅花與河豚嗎？比例是多少？其他還要加什麼？加多少才算適量？」

「……」

「還有，請告訴我甦醒之後當下的身體狀況。我想一時半刻之間應該是動不了的吧。」

一回神才發現，貓貓已經徐徐逼近到翠苓眼前了。翠苓的神情有些扭曲，手一跳一跳地痙攣著。之前沒看到她有這種症狀。
「……我想不需要曼陀羅花。」
「不需要？」
貓貓回問道。
「異國的藥方裡是有這一味，但我推測它的作用很可能是延長昏睡時間，在強行將人變成奴隸時用來讓對方失去意識。聽說這才是這種藥原本的用途。」
翠苓說著，讓貓貓看看她發抖的左手。那隻手原本能夠活動自如，是返魂藥造成的副作用。
「我只付出了這點代價，但失敗的話甚至會失去記憶。」
翠苓說「失去」說得斬釘截鐵，可見除了她以外還有別人也試過藥。這是調藥必須付出的代價，藥師必須經過多次錯誤嘗試，以逐漸篩選出正確的藥方。
貓貓非常清楚其中含有活人實驗，但她更難壓抑澎湃的感情。
她渾身酥麻地爬滿雞皮疙瘩，睜大眼睛，慢慢靠近翠苓。
「那麼，改良後的藥方如何？」
「……目前只有用動物試過。」
還沒用人試過。說不定推測錯誤，不放曼陀羅花就無法讓人復活。先用動物試驗是很正常的做法。

貓貓兩眼發亮，一邊把臉湊到翠苓的鼻子前。她把右手放在自己乏善可陳的胸部上，宣稱這兒就有個最適當的實驗對象。

「我不會用妳來試。」

「為什麼呢？不用客氣啊！」

「說過妳是人質了。」

翠苓斷然地說。貓貓很想抓住她的衣襟亂搖一通，凶巴巴地強迫她給自己灌藥，但克制住了。要是到時候人家什麼都不肯教她，就前功盡棄了。

她決定現在先乖乖讓步，於是從她面前退開。

「呵呵呵，真高興妳們感情變這麼好。」

子翠一邊無憂無慮地說，一邊咬著油條。

「畢竟姊跟貓貓都沒幾個朋友嘛。」

「要妳管。」、「少說兩句。」

兩人不禁異口同聲地說。

貓貓跟翠苓睡一間房間。子翠睡在另一間只有一張床的房間。原本子翠也吵著要睡同一間，但被翠苓趕了出去，就一個人不情不願地回去了。

即使睡在同個房間裡，也沒什麼話好談的。昨晚也是如此。

老實說，貓貓並不是完全沒話跟翠苓說。但就算說了，她大概也不會回答。

她們行動的目的是什麼？這本來是一開始就該問的問題，但貓貓還沒問過。她心想「好歹還是問一下好了」，結果講出口的卻是完全不同的事情。

「妳似乎跟子翠感情很好呢。」

「看起來像是嗎？」

「嗯。」

對話到此結束，真是太短了。中間沒有子翠當緩衝，也就是這樣了。

隔天早上，她一起床就看到桌上放了大量書籍。是藥草的圖鑑，繪有許多精緻的插畫。其中還夾雜了異國藥草，記載著一堆貓貓從未聽過的植物。雖然一半以上都看不懂，但很多地方夾著紙張，寫著注釋或補述。

「我出去一下。外頭有人看守，妳別打逃跑的主意。」

說完，翠苓就出去了。

「我是覺得她不會逃走啦——」

先起床的子翠一邊吃粥當早餐，一邊說道。
「竟然還得派人盯著妳，妳做了什麼好事？」
不知怎地死小鬼響迂也在，把油條泡在粥裡吃。
雖然是個讓人火大的小鬼，但也沒什麼好在意的，況且對貓貓來說，把這堆金山銀山全部看過一遍比較要緊。
「咦？妳不吃早飯啊？」
「等會。」
趕快翻到下一頁比較要緊。然而子翠把用粥泡軟的油條塞進貓貓的嘴裡。不得已，她只好嚼一嚼嚥下去。
「衣服也不換？妳還穿著寢衣不是？」
「等會。」
「我看著不順眼。」
說完，子翠解開貓貓的寢衣衣帶，替她披上外衣。不得已貓貓只好伸出手來，一邊看書一邊讓人家幫她換衣服。
「嗚哇——也太懶了吧。都要人家伺候，簡直跟神美夫人一樣。」
響迂見狀說道。

（神美？）

誰啊？貓貓正在這麼想的時候，被子翠輕拍了一下腰。貓貓從椅子上站起來，抬腿穿起裙裳。

「好了好了，響迂，你把碗收收。」

「咦——為什麼啊，讓傭人來做就好啦？」

「原來你不靠傭人就什麼都不會啊。呵呵，還是個小孩子呢。」

（真會用激將法。）

被人家這樣講，喜歡裝大人的小娃娃一下就當真了。他粗魯地把碗盤放到托盤上，弄得噹啷作響，然後就托著盤子離開了房間。

貓貓側眼瞧著這幕光景，若有所思地點頭。

「他應該是好人家的少爺吧？」

「嘿嘿，聽說遙遠的東方國度有句話叫盛者必衰喔。」

無論多強悍的人總有一天都會衰老。她或許是想說不管是何種名門望族，遲早都會沒落吧。

貓貓一邊翻閱書頁，一邊讓子翠開始在她頭髮上動手腳。

「貓貓，昨天那支簪子呢？」

貓貓沉默地指指寢室。子翠啪噠啪噠地用小跑步跑過去，把放在枕頭邊的簪子拿過來。

她用梳子替貓貓梳頭，綰到頭頂上。然後在兩邊耳畔垂下一綹髮絲，以髮繩綁好。

「這簪子是好東西，所以不可以亂丟喔，不然會被別人拿去賣掉的。」

「可以賣到好價錢嗎？」

「與其說好價錢……」

子翠把簪子拿到貓貓面前。

「我覺得這位師傅的手藝相當精湛喔。就算在京城也沒幾個這麼厲害的師傅，明眼人一看就會知道是哪位師傅做的，這麼一來就會知道是誰訂製的物品。還有刻在簪柄上的精細花紋等等，一些看不到的部分都不是普通講究呢。」

貓貓想起以前有個娼妓把客人餽贈的飾品賣掉，結果又被同個客人買下來送她。那次實在太尷尬了。這支簪子也是，送她的人是個纏人精，搞不好哪天簪子又回來了。

「……賣不得。」

「只能打掉裝飾當成胚底嘍。」

貓貓覺得那樣未免太浪費了。

「嗯——好像有點美中不足呢。」

說完，子翠把手伸到自己頭上，拔下了一支搔頭，將它插在貓貓的頭髮上。

「好，這樣就行了。」

「妳好熟練喔。」

「當然熟啊，慢一點就要挨揍的。」

子翠講得一派自然。

「挨揍？」

「嗯，挨揍。」

主子打罵婢女的事所在多有。只是，貓貓感到很意外。

「按摩也是，做不好就要被潑燙水的。真的很可怕喔。」

「的確很可怕，真是差勁的主子。」

貓貓也常挨老鴇打罵，但就算是那種老太婆都知道下手輕重。揍人時會選衣服遮住不易看到的地方揍，就算呼巴掌也不會留下痕跡。雖然總感覺像是不想降低商品價值，但一樣是手下留情沒錯。

「呵呵，我說的是我娘呢。」

子翠笑著說。

「實在不太想見到她。」

怎麼會有娘親那樣對待女兒的──貓貓心想。

（不，還有比那更狠的呢。）

貓貓一邊看著自己變形的左手小指一邊更正。

「是吧。所以，貓貓妳要乖乖喔。」

子翠邊說邊把梳子收好。

「我今天要出去一下。」

然後，子翠就離開了房間。

後來約莫過了三個時辰（六小時）吧。當貓貓感到有些腹飢時，店小二就會將飯食送到房裡來，而且有一堆書可看。只是去如廁時，看守的男子還特地跟來，讓她只能苦笑。

貓貓把每本書從頭到尾讀過一遍，塞進腦袋裡之後，伸了個大懶腰。久坐不動讓身體痠痛，她想稍微呼吸一下屋外的空氣，於是從窗戶探頭出去。這個房間位於三層樓客棧的三樓部分，由於村裡沒有比這客棧高大的房舍，因此視野很遼闊。

很多地方都在噴出水蒸氣，看得到溫泉。雖然溫泉設了圍牆讓人不能偷窺，但還是能將村莊裡大部分範圍盡收眼底。村子圍牆外頭沿著河川鋪展出整片田園，又有森林覆蓋。田園幾乎都已收割完畢，正在晾曬稻稈。

（嗯？）

貓貓看到只有一塊田地擺著沒收割。那只是極小的一部分田地，稻穗還是綠的，正好就在房舍的暗處。旁邊那棟可能是稻穀儲藏庫或什麼，建造得算是氣派。
這讓貓貓想起昨日孩子們說過的事，他們說只有一塊地方的稻子長得不好。也許是因為長得不好，所以像那樣擺著等它成熟？
貓貓撫摸下頷沉吟。
看起來也不像是缺乏某些養分。最重要的是，剩下的部分很奇怪，形成完整的四方形，正好就隱藏在房舍的陰影裡。
（莫非……）
貓貓把半個身體往外伸，盯著那塊地瞧時，好大的「啪」一聲傳來。貓貓嚇一大跳，險些沒摔出窗外。她急忙抓住窗框，調整急促的呼吸。
「妳在幹麼啊？」
聲音原來是死小鬼發出來的，是他用力開門的聲音。
貓貓一言不發地站到響迂面前，不容分說地就用兩隻拳頭鑽他的太陽穴。
「好痛！痛痛痛痛！妳幹麼這樣啊。」
「進房間時再小聲一點好嗎？」
雖然一半是亂出氣，但沒辦法。一方面也得怪這小鬼每次講話都那麼臭屁。

獲得解放的響迂兩眼閃著淚光，怨恨地看向貓貓。

「喂，我問妳，妳去哪兒了？」

「不知道。」

她沒問子翠要去哪裡。

「怎麼連這都不問的啊。」

就算問了子翠也不見得會告訴她。比起這個，現在那塊田地比較讓貓貓在意。

「幹麼老往外頭看啊。」

「你知道那間屋子是什麼嗎？倉庫？」

「嗯？」

貓貓指指村子外頭的那棟房舍，那是幾棟房舍裡最氣派的一棟。

「就是村長的倉庫啊，而且我聽說那周遭的田都是村長的。」

「倉庫啊。」

「嗯。不過，那間倉庫沒什麼人用。」

響迂張開掉了門牙，看起來很笨的嘴巴說。

「因為有老鼠，所以都儲藏在另一間地板較高的倉庫。那兒現在應該沒在使用了吧？」

「可是就那樣棄置著，是吧？」

「村長很小氣，所以大概是捨不得花錢拆吧。」

「哦——」貓貓隨口回答。

（嗯？）

貓貓離開窗邊，然後開始亂翻方才看完的書。

（記得是寫在這幾頁……）

她連續翻頁，找到了貼上特別多補述便箋的頁面。

貓貓咕嘟一聲吞下口水。

翠苓與子翠大概是覺得有這麼多書，貓貓就會乖乖待著了。但很遺憾地，貓貓心中的好奇個性沒那麼容易壓抑。

她無法壓抑自身體深處湧昇的冷顫。只能在這個房間裡看書讓她好著急。

「怎……怎麼啦？妳的表情很嚇人耶。」

響迂湊過來看貓貓的臉。

糟糕，老毛病又犯了。而一旦變成這樣，即使理智上明白也壓抑不住。就算別人都會說這是愚蠢至極的選擇也一樣。

否則，貓貓就不是貓貓這種生物了。

「妳想去那裡嗎？」

可是外面有人看守，從三樓這麼高的窗戶爬下去又太顯眼了。若只是想爬下去，可以撕開褥子當繩梯，真有那意願的話，沿著牆壁勉強跳下去也行。但是窗戶面向大路，恐怕很快就會被逮個正著。

「去得成嗎？」

她不怎麼期待地問問看。

響迂一聽，咧嘴一笑。

「倒也不是沒法子。」

「……怎麼去？」

貓貓睜圓眼睛問了。可能是喜歡她這反應，響迂啪噠啪噠地跑去隔壁房間。那是子翠睡覺的寢室。

「喂，來幫我。」

正在疑惑是要幫什麼忙，就看到他不知為何在推櫃子。貓貓不明就裡地一起推推看，只見櫃子伴隨著「嘶嘶嘶」的聲響一點一點地錯開位置，然後就看到櫃子背後出現一扇門。

「這裡啊，其實跟隔壁房間是相連的喔。我房間就在隔壁。」

在作隔間時，好像會像這樣放個大櫃子擋著。的確若是這樣的話，就能任意分隔房間了。

「隔壁應該也有櫃子吧？」

「已經推開了，別擔心。本來是想嚇姊一跳的，但被這邊的櫃子擋住了。」

說著，響迂喀嚓一聲打開了門。大概是沒料到有人會從兩側推開櫃子吧，門沒上鎖。

響迂的房間格局與貓貓她們的寢室相同。床上散落著一堆紙張還有畫筆。畫狐狸面具時貓貓就想過，這小鬼人不可貌相，似乎很喜歡畫畫。

「喏，這邊這邊。」

響迂手指的不是房間出口。雖然寢室與隔壁房間構造相同，但起居室的構造就不太一樣了。相較於貓貓她們的房間有花窗，這間則是有扇大門，外頭是露臺。

露臺直接與隔壁以及再隔壁的房間相連。雖然每個房間有作隔牆，但只是柵欄罷了，似乎可以鑽得過去。

「這樣一路走到最邊邊，正下方就是連接廂房的遊廊廊頂。從那兒跳下去之後立刻就出得去。」

廂房位於客棧後頭，只要小心點應該不會被人發現。

「你真清楚。」

「嘿嘿，哪能就我一個人悶頭讀書嘛。」

換言之，這小鬼似乎是成天往外偷溜。明明是住客棧卻似乎對這村莊知之甚詳，想必是逗留了有一段時日了。畢竟此地是療養用的溫泉鄉，為了治病而長期住下並不是什麼稀奇事。只是響迂看起來並不像是體弱多病的樣子。

貓貓覺得沒必要追問，於是穿過格柵的縫隙。幸好自己是隻瘦皮猴。

響迂也跟著貓貓過來。貓貓用眼神問他「你幹麼跟來啊」。

「難得有這機會，就陪陪妳吧。」

結果得到高高在上的一句回答。

（好吧，也罷。）

就這樣，貓貓順利溜出了房間。

溜出客棧之後就簡單了。不同於進入村莊時的情形，守衛輕易就放行了，可能是因為進村莊時天色比較暗。外頭野地都開墾成了田地，感覺得到人的氣息，白日應該不會有太多野獸出沒。

「吶，妳要做什麼啊？」

「有件事想確認一下。」

說著，貓貓站到方才看見的那個地方前面。面對著稻穗還沒完全結實的那塊田地。

響迂折了一段田裡的稻穗。

「只有這裡土壤不夠肥嗎？」

「我看不是。」

貓貓看向田地前的倉庫。灰泥牆上有扇大窗，就是個連窗櫺也沒有的簡樸窗戶，此時緊緊關著。貓貓拾起掉在一旁的樹枝，對準窗邊與剩餘稻田的邊界。稻田比窗戶寬一點點。

「是因為這裡的稻子，就連晚上也一直照著光。」

「嗯？什麼意思？」

栽培植物時，常常會因為周遭環境的變化而使得生長情形被打亂。如同貓貓以前栽培青薔薇時讓它不合季節地開花，這兒的稻子也被外界因素打亂了生長。

一般都認為充足的陽光能讓花草長得更好，但其實有時反而會妨礙生長。例如這些稻子，很可能是由於晚上繼續受到亮光照射，使得稻穗結實得慢。在徹夜不眠的煙花巷周圍，偶爾會發生此種現象。

「因為一直是亮的，所以長不好？」

「我猜啦。」

可是，從窗戶的位置與寬度來想，應該是錯不了。由於窗戶沒有窗櫺，所以在炎炎夏日應該會一直開著窗戶幹活。

但還有個疑問，照理來講已經無人使用的倉庫，為何半夜還要弄得燈火通明？

關於這點……

「你說這兒有老鼠，對吧？」

「嗯，有。不管放多少陷阱，還是沒完沒了地一直出現。」

「也就是愛捉多少有多少了。」

貓貓想起翠苓說過的話，她說還沒用活人試過新藥。這話就表示有用其他動物試過，至於用的是何種動物，頭一個就會想到容易入手的小動物。而今天貓貓拿到的書裡，補記了許多以老鼠作實驗的結果。

那些書也不是翠苓能搬運的量，極有可能是從這村莊裡的某處拿來的。

貓貓繞著倉庫走一圈。除了窗戶之外只有一扇門，但上鎖了。

「妳讓讓。」

響迂不知從何處掏出一根鐵絲，插進鑰匙孔裡喀嚓喀嚓地弄著。構造簡樸的門一下就打開了。

（真是個不像話的小鬼。）

但他卻幫了貓貓一個大忙，她走進倉庫。裡頭分成兩個房間，貓貓首先前往有窗戶的房間。

結果……

房裡有不出所料的東西，也有超乎預料的東西。不出所料的東西，是裝在籠子裡的老鼠與大量隨手書寫的紙張，然後是可疑的獸骨或風乾的草類，還擺了幾塊像是某種動物肝臟的物體。室內充斥著獨特的臭味。

架子上擺了好幾個小瓶子，上頭貼著紙，寫著日期、內含的材料與份量。響迂興味盎然地看著那些瓶子。

貓貓產生一股想定睛觀察的衝動，但比起這些，有個更嚇人的東西大剌剌地擺在現場。

那是個形似鐵管的東西。它被拆成幾塊，光看每塊零件，無法看出是什麼東西。但貓貓對這東西有印象。

正是日前對壬氏行刺的那些刺客持有的突火槍。

（這裡怎麼會有這種東西……）

這種東西出現在這裡，使得許多疑點凝聚到一個點上，但貓貓沒那工夫整理思緒。外頭傳來了喀嚓喀嚓的聲響。

貓貓摀住響迂的嘴，躲到房間角落裡。

「……哎呀？有人在裡面嗎？」

一種悠閒的女子嗓音傳來。貓貓聽到喀喀的腳步聲。

「是誰忘了鎖門嗎？」

「不，應該不會。」
一個男子的嗓音回答。但是腳步聲卻不只兩陣。
「可是門開著不是？是誰負責鎖門的？」
女子語氣和緩地說。但不知怎地，那聲調讓貓貓起了一陣寒顫。而且，似乎不只有貓貓有此感受。
貓貓發現臂彎裡的響迂在發抖，她輕輕鬆開摀嘴的手。
「……慘了。」
「？」
「這下慘了，是那個人……」
響迂的臉孔扭曲了。
腳步聲越來越近。充滿獨特臭味的房間裡，混入另一種特殊的香氣。從衣物摩擦的聲音聽來似乎是在左右張望，但從貓貓的視角只能看到他們的腳。
是三雙女子的腳與兩雙男子的腳。
不，男子的腳可能只有一雙。其中一人雖穿著男裝，但貓貓有看過那衣服。跟早上翠苓穿的是同一件衣裳。
「有什麼問題嗎？」

一名女子問道。講話帶有獨特的口音，讓貓貓覺得耳熟。

貓貓全身發抖，冷汗直流地確認了那人的真面目。她看見以面紗遮住的眼睛。頭髮雖然被面紗遮住，但藏不了眼睛的顏色。那是異邦人的天藍色眼眸。

「沒什麼，似乎是我多心了。」

女子轉向後方，作勢要走出房間。貓貓放心了，正想輕嘆一口氣。

豈料……

那女子把手伸到了看似護衛的男子腰上。

「！」

霎時間，貓貓的頭髮啪沙一聲飄落。刀子刺進牆壁上，刀身振動著發出嗡嗡聲。事情發生在一瞬間，貓貓完全跟不上狀況。只是一回神時，一名上了年紀的女子已經掀開簾子，俯視著他們。女子雖然貌美，但依然敵不過衰老。妝容與衣裳華麗招搖，是個五十歲左右的女子。

女子滿頭滿身打扮得珠光寶氣，無名指與小指的指甲留到約二寸長，戴著玳瑁的護指。塗上紅色胭脂的嘴唇婀娜地歪扭著，目光輕蔑地看著蹲在地上的窮酸姑娘。

「只是，似乎有老鼠呢。」

那神情真的就像在看老鼠。

「翠苓。」

「是。」

翠苓向前走出一步，女子直接拿手上的團扇往她打去。

（！）

「妳連老鼠都管不好嗎？」

「夫人恕罪。」

翠苓低垂著臉說。

「哎呀？這小孩好像在哪兒看過呢。」

「……神美夫人，對……對不……起……」

響迂還在發抖，好不容易才擠出聲音道歉。

「是子鄜老爺的公子。」

按住臉發抖的翠苓回答。

女子隨口「哦」了一聲，轉向另一名女子。那女子還是姑娘家的年紀，濃妝豔抹得跟名喚神美的女子相差無幾。

「母親大人，看來只是小孩子調皮搗蛋罷了，還是快離開這裡吧。」

平素那種天真無邪的語氣蕩然無存。她褪去村姑般的衣服，穿起了華美的衣裳。頭髮高高綰起，異國鳥禽的羽飾輕輕飄動著。

（……果然是這麼一回事啊。）

貓貓之前故意沒追問。起初提及與翠苓的關係時，貓貓原本想問，但作罷了。

她是覺得知道也不能怎樣，但看來自己實在應該再謹慎一點。

（真是隻貍妖。）

「呵呵呵，也是呢。那麼難得有這機會，就把他們帶走吧？」

名喚神美的女子說道。若不是年齡在女子的臉上留下了陰影，不知道昔日是多麼的丰姿美豔。

神美的笑容彷彿揪住了貓貓的心臟。

「妳說好不好，樓蘭？」

神美對著子翠如此說。

十五話　城寨

離開溫泉鄉，讓馬車顛簸了半日後，貓貓被帶到一處像是城寨的地方。此時，她被人領到其中一個房間來。

「我本來無意把妳帶來這裡的。」

翠苓如此說道，她臉頰又紅又腫。貓貓本以為她是個文靜而堅強的人，然而此時的她神情鬱鬱寡歡。雖說原本也不是個性情開朗之人，但現在顯得更是陰沉。

至於變成這樣的理由，貓貓看過在那溫泉鄉倉庫裡的對話就明白了。

貓貓溜進倉庫，在那裡被名喚神美的中年女子抓到。而那名女子稱呼子翠為樓蘭。

（果然是這樣啊。）

貓貓早已隱約有此感覺，毋寧說如果毫無所感才叫奇怪。貓貓曾見過樓蘭妃一次，就是在貓貓對四夫人與她們侍女進行特別講課的時候。

樓蘭妃打扮得華麗招搖，面無表情地聽講。貓貓記得當時只有似乎樂在其中的玉葉妃與好學的梨花妃提問；里樹妃羞得頭都暈了，沒精神問問題；而樓蘭妃既沒問問題也沒做什麼舉動，幾乎沒發出半點聲音。

由於達官貴人通常不會跟貓貓這種下女說話，因此她並不怎麼在意。現在才想到原來是這麼回事。

貓貓從子翠……不，樓蘭身上的物品或一些細微的言行舉止，就看出了她的良好家教。她之所以躲著皇太后，或是在浴殿遇見里樹妃時去了其他嬪妃那邊，想必都是怕被人認出自己是樓蘭。至於貓貓，在捉住毛毛時根本沒察覺，所以她躲都不用躲。

（真是個戲子。）

平素的樓蘭，除了是個喜愛昆蟲的怪人之外，真的就只是個普通姑娘。她會跟小蘭一起吃點心，跟她聊八卦聊得起勁。

這樣的她簡直有如狸妖。貓貓覺得自己被作弄了。她深有此感。

「賞頓鞭刑吧。」

捉到貓貓的神美聲調開朗地說，簡直好像是說要在園子裡開茶會似的。

「我想想，打個一百次就夠了吧？去準備綁人用的柱子。」

「神美夫人。」

就在翠苓發出求情似的聲音時，神美的手動了起來。她手裡握著團扇，扇骨又一次打中了翠苓的臉頰。翠苓退後一步，面無表情地低下頭去。她臉色慘白，可以看到手都在微微發抖。就像被蛇嚇到時那樣，呼吸微弱急促。

（這可不行。）

貓貓全身噴汗。她知道抱在懷裡的響迂為何發抖了。這個女人很危險。雖是人們口中的大富大貴之人，但卻屬於那種階級當中最不想與之來往的一群。

而貓貓對那個人來說無異於螻蟻。她擅闖此地，還看到了令人起疑的密會。對方恐怕會以懲罰為藉口將她除掉。

「再來嘛，這孩子要怎麼處置呢？是不是需要調教一下才行？」

響迂害怕地抓住貓貓不放。

「母親大人。」

搖響冰冷鈴鐺般的嗓音響起，樓蘭晃動著華麗的髮簪走上前來。

「之前您不是說過想要個新的藥師嗎？」

說著，樓蘭看向貓貓。那雙眼睛莫名地空洞，讓人聯想到陶偶。

神美一瞬間蹙了蹙眉，但隨即以團扇遮嘴看著貓貓。

「我看她不像藥師啊。」

「是，但別看她這樣，年紀已經超過三十歲了。說是日日夜夜以自身試藥，漸漸老化速度就變得比別人慢了。」
說完，樓蘭執起貓貓的左手，掀起衣袖，讓神美看到纏在手臂上的布條。
「雖不知是哪種藥，但其中應該有一種能精煉成不老妙藥才是。只要別像之前那個男子一樣失敗喪命的話。」
樓蘭淡淡地述說。
（不老妙藥？之前那個男子？）
聽樓蘭這麼說，神美顯得很遺憾地垂下睫毛。
「這樣啊，那就沒奈何了。」
神美把披帛一甩，看向身後旁觀的異國使節。
「給良大人，那事咱們晚點再談吧。」
雖然稱呼一聲「大人」，神美那態度卻有點看不起對方。蓋著頭紗的異國使節跟在神美後面走去。只是，兩者似乎都是心高氣傲之人，給人一種之間界線分明的冷漠感。
無論如何，貓貓總算是鬆了口氣，但這時神美停下了腳步。
「在這兒恐怕不好做事，那個藥師也跟我們一起回城寨吧。」
神美歪扭起塗了紅色胭脂的嘴唇說。

於是，事情就變成這樣了。

這個雜物間據說以往是給之前那藥師使用的。雖然屋裡的確相當雜亂，但藥師常用的材料一應俱全，箱籠裡也放了大量的書。

貓貓看向翠苓。

「兩位是異母姊妹嗎？」

與其說是詢問，毋寧說是確認。

「只有那丫頭會把我當姊姊看。」

只能說果不其然。貓貓原本聽說樓蘭是子昌的獨生女。有那麼潑辣的夫人在，恐怕很難對不是夫人親生的子女一視同仁。豈止如此，她似乎根本把翠苓這個人視作眼中釘。

「神美夫人似乎對我恨之入骨。」

翠苓邊撫摸紅腫的臉頰邊說。

無意間，貓貓注意到了一件事。

「我可以問一個問題嗎？」

「什麼問題？」

「子翠這個名字，原本應該是妳的名字吧？」

樓蘭似乎很喜歡子翠這個名字。儘管是個稀鬆平常的名字，但子字一族的「子」加上翠苓的「翠」，以假名來說太單純了。雖說如果只是讓人叫的名字，或許其實不是寫成「子翠」而是「紫翠」或者是「仔翠」就是了。字面上不同，但叫起來都一樣。

「妳說對了。然而神美夫人從後宮返家後，似乎討厭我討厭得不得了，連我名字裡有代表家族的文字都無法接受。」

神美將年幼的翠苓與生母一起攆出宅子，把兩人當成傭人使喚。最後就連她的名字都搶走，當成自己生下孩子的乳名。簡直像是在冷嘲熱諷。

同一個男子生下的女兒，一個是備受嬌寵之後獻給皇上作如花美眷，另一個則在宮中暗中行事，興風作浪。

假若對方是子昌的手下，貓貓就明白那些人為何要壬氏的命。就連貓貓都好幾次聽說，雙方在後宮的規定上意見不合。

即使如此，仍然有些方面讓貓貓難以理解。

貓貓輕輕伸手拿下插在頭髮上的簪子。子翠……不，樓蘭說過這簪子很值錢。有一號人物能隨意拿這種東西送人，而且那人年紀輕輕，影響力卻擴及後宮之外。

那就是壬氏。

他不只是個宦官……不，根本連宦官都不是。

「……」

貓貓盯著簪子瞧，整個人停住了。

「怎麼了？」

翠苓看著貓貓。

「妳以宦官身分入宮時，是如何接受查驗的？」

「突然問什麼啊。」

可能是有些害臊，翠苓低著頭回答。

「觸診，會隔著小衣摸。上衣不用脫。」

所以翠苓才能進得去。由於是以已去勢為前提，官員恐怕想都沒想到會有女子冒充宦官溜進來。比起普通男子冒充宦官更容易過關。

「未去勢的男子想溜進去的話呢？」

「要接受三名官員的觸診。三人分別屬於不同官署，應該很難買通。」

假如不是三人都收賄，一旦讓男子進入後宮，事跡敗露時可不是挨鞭子就能了事。以賺小錢來說風險太大，官員不可能答應。

既然這樣，那壬氏是如何進去的？

「能自由進出後宮的男子……」

只有皇帝，或者是皇親國戚。

（不，年齡不合。可是……）

貓貓看到壬氏，總會覺得他的性情遠比外貌年少。雖然還不到孩子氣的地步，但總給人一種青澀的印象。雖然假若貓貓向後宮其他宮女尋求同意，八成會遭到否定就是。

「……」

「怎麼不說話？」

「不，沒什麼。」

（好，現在這事就先擱著吧。）

講到這個，貓貓感覺在避暑山莊那場事件時，壬氏似乎有某些重要的話想跟她說，搞不好就是這件事。那次都得怪牛黃太大一個了。牛黃會讓人瘋魔，真是太可怕了。

比起這個，想想現在置身的狀況比較要緊。

從溫泉鄉到這裡，貓貓坐在馬車上顛簸了大約半日。她從車篷縫隙看見太陽的位置，得知馬車是駛往北方。道路從途中開始變成白色，下起了雪。

（是北方，而且還是高地？）

貓貓如今就在這樣的地方。

而神美說過此處是「城寨」。此處的確四面有著高聳城牆，背後有懸崖。與其說是城池，說成城寨更為貼切。

（那個故作高雅的人會來城寨？）

她看起來不像是會踏進這種地方的人。當然，這是貓貓的偏見，一些高貴的女子性情有多堅毅，她自認為還算清楚。可是，應該也用不著待在這種地方才是。

簡直好像在打仗一樣。

（！）

貓貓想起放在那間倉庫裡的突火槍。還有，名喚姶良的異國使節，本來絕不可能出現在那種避世村莊般的地方。

（是這麼回事啊。）

貓貓早就聽說過兩名使節在跟某人密談的事。假如對象正是子字一族的人……

假如最新式的突火槍，是從這條管道進來的……

然後，假如是為了大量生產才那樣拆解開來的話……

「妳們打算挑起戰端嗎？」

貓貓向正要離開房間的翠苓問。

「那不是我能決定的。只是，既然**樓蘭小姐**已經那樣說了，妳還是裝出正在調藥的樣子吧。」

「這點請妳放心，不用姑娘吩咐我也會做的。」

「那就好。飯會送過來，茅廁就在與這裡相通的房間裡。奉勸妳千萬不要觸怒了神美夫人。」

（千萬不要是吧？）

要是觸怒了她下場不堪設想，誰知道會有何種懲罰等著自己。

翠苓頭也不回，就這麼離開了房間。

（好了，接下來該怎麼做呢？）

貓貓一邊轉動脖子，一邊確認屋裡陳設。

房門口上了鎖。窗戶有窗櫺，外頭是白皚皚的雪地景色。之所以連不准逃跑都沒說，也許是因為在這狀況下無路可逃，也或許意思是「能逃妳就設法逃走吧」。

開門一看，外頭有條窄廊，前方是茅廁。茅廁一般會設置在屋外或者一樓，但這裡可是三樓。考慮到傾倒廢物的問題，這樣應該很不方便。但看來他們是認為堵住逃跑路徑比方便性來得重要。

（之前待過的藥師……）

他們是否將那人幽閉在此？那名據說服藥而死的藥師……

想了半天，每個線索好像要連起來了又連不起來。貓貓抱著手臂，決定暫且將這事擱著。比起這事，現在有更重要的另一件事情。

對，就是這個。

貓貓眉開眼笑，打開了成堆箱籠的蓋子，裡面有著大量書籍。雖然沿著牆壁設置的藥櫃也相當令人好奇，但就先從這邊開始瀏覽吧。

「哦！哦哦！」

她忍不住叫出聲來。裡面塞滿了對貓貓而言如同寶貝的東西。

貓貓「呼嘻，呼嘻嘻嘻」地笑著在裡頭尋寶。

翠苓會照三餐送飯來。雖然有點涼了，但一湯一菜的膳食還算不壞。只是乾糧很多，總覺得有點像隨身口糧。

貓貓在床上盤腿而坐。房間裡的書都瀏覽過一遍了，她感覺似乎已過了大約五天，但記不太清楚。立起手肘撐著下頷的姿勢很沒教養，但現在這裡沒人會來說她。

（竟然想開戰，真會說大話。）

貓貓稍微望了窗外一眼，看見整面白皚皚的雪地景色。以季節來說，此時應該收割已畢，進入農閒期了。以前不知什麼時候，貓貓聽說過戰爭都是在農民閒暇的時期開打。

就從窗外景觀來看，此處位於高地，背倚山勢。以城寨的地理條件而論算是差強人意。

她用指尖在桌子上想像著畫地圖。假設此地是北部的子北州，城寨有可能座落於國境附近。

貓貓一邊抓亂頭髮，一邊倒到床上。

她在京城的北側部分想像出一個半圓。坐船十日，然後步行前往溫泉鄉，接著再乘馬車半日。在這個範圍之內有山的地方是——

（早知如此，就該好好讀書了。）

在女官考試當中，好像有地理考題。貓貓每次一翻開參考書就睡著，根本沒記住。當時她每次睡著，都會被壬氏的侍女水蓮狠狠戳醒。

（就連被她修理的事，現在想想都覺得懷念。）

就在這時，走廊上傳來尖銳的叫聲，聽起來很耳熟。

貓貓好奇地從床上下來，把耳朵貼在面對走廊的門上。

「少爺，不可以去那裡玩！」

「哎喲——又不會怎樣——這邊我還沒探險過呢。」

尖銳的叫聲，原來是響迂發出來的。後面還傳來其他小孩的聲音。那些人把貓貓帶來時，響迂也一起過來了。貓貓記得當時翠苓一臉的不情願。

（還有其他小孩啊。）

「你在幹麼啊——點心要沒有嘍——」

「知道啦，不准吃我那份喔。」

貓貓得知這裡有小孩，靠在牆上大嘆了一口氣。

無論這座城池建造得多接近城寨，無論他們如何固守不出，結果都明擺在眼前。

就貓貓的看法，當今皇上算是比較仁民愛物的君主。但即使如此，還是有不可逾越的底線。以前在謀害上級妃未遂事件中查明為主犯的宮女被判了絞刑，其親屬皆被處以肉刑。

為了維持身為皇帝的權力，那種處置是有必要的。

假若掀起偌大規模的騷亂，事情會如何收場？

恐怕是要株連全族了。不管是小孩還是嬰兒都難逃死劫。

他們是有此覺悟，才會連小孩子都帶來這裡嗎？

貓貓又嘆了一口氣，抱住雙腿，把頭放在膝蓋上。

別人的死活，當作不關自己的事就是了。

她明明沒那多餘精神去想那些問題。

但心情卻沉重不堪，無法平復。

十六話　羅半

當日正午過後，小個子狐眼男——羅半來到了壬氏的書房。房裡除了壬氏之外，還有高順與馬閃，忙著處理比平時更多的文牘。

「原來是這樣啊。」

「是，雖然只是微臣的猜測。」

羅半是個優秀的男子。特立獨行但身懷某一項異才，或許是羅字一族的特徵。

他調查過這數年來的財物流向與銀錢調度，得知子字一族正在圖謀不軌。

羅半從地圖上指出了如今已無人使用的城寨位置。

縱然是自王母時代以來的朝臣，未經皇上許可擅自擴建廢棄城寨就是謀反，沒得狡辯。

壬氏很想抱頭叫苦，但已經有一對父子緊皺眉頭，便作罷了。

比起這個，他必須想想如何應對此一問題。就在這時……

匡啷一聲，嗚子小聲響了一下。伴隨著逐漸逼近的腳步聲，來者毫不客氣地打開房門。

「你在做什麼？」

戴著單眼鏡的狐狸軍師如此問道。

「義父。」

方才還一副坦蕩蕩態度的矮子羅半表情扭曲。他把案上的地圖摺好，嘴唇微微抽動。

「羅半，不要這樣常往貴人跟前跑，會引人誤會的。」

羅漢一面說，一面坐到放在書房裡的羅漢床上。這是以前羅漢成天賴在這裡不走時讓人搬進來的，到現在還不肯搬走，壬氏也就先擺著不管了。

「誰叫這位大人把自己搞得不男不女的呢。」

話中帶有明確的惡意。在壬氏身旁候命的馬閃立刻想上前給他好看，但高順伸手制止了他。

他們知道羅漢動怒的理由。貓貓明明待在後宮，卻輕易被賊人擄走。這個男人都能為了這件事而硬闖後宮，現在才來找壬氏反而算慢了。

多少酸言酸語壬氏都願意聽，這是屬於他的責任。只是，他不認為對方來此只是為了這個目的。

羅半垂頭喪氣地退下，不知何時站到高順身後。看來即使是這名青年，也有不擅應付的人物。他偷偷摸摸地似乎在跟高順說些什麼，馬閃用一種「這傢伙是怎樣」的眼神看著他。

高順叫了官差過來，不知吩咐了些什麼事。單眼鏡軍師對高順這動作似乎不感興趣，在羅漢床上趾高氣昂地坐著，目光冰冷地望著壬氏。
「我明白軍師閣下想說什麼。閣下是想指責我監督不周吧。」
壬氏也很清楚。縱然這次是第一次查到密洞，之前沒有任何人知曉此事，但是只要有人用它逃跑，壬氏就得負責。
「說得對，正是如此。希望總管能加快動作，速速救出吾女。」
要是辦得到的話不知有多輕鬆。此時此刻，壬氏明顯成了羅漢的敵人。宮廷內的潛規則「不可與羅漢為敵」一事在壬氏腦中盤旋。
但是這個軍師應該也很清楚，現在把壬氏認定為敵人無濟於事。敵人應該不是壬氏，而是子昌才對。
壬氏思考了一下軍師來此的理由。這名男子的首要目的絕非逮住反賊，救出寶貝女兒才是他的頭號目標。這名男子應該是用他那難以參透的頭腦，摸索出了最迅捷的手段，才會來到這裡。
屬吏沏了茶走進書房，卻被這一群高官與火急的氣氛嚇得退縮，迅速把茶放下後倉促地退了出去。
沒人喝茶，熱茶就這樣慢慢涼掉。若是氣氛也能隨之冷卻下來該有多好，可惜沒那種好事。

「用半吊子的模樣作半吊子的職務，足下以為什麼事都能這樣得過且過嗎？」

半吊子是什麼意思，壬氏心知肚明。軍師早已看穿了壬氏其實是何種身分。

他看穿壬氏對自己原本的身分立場缺乏自信，為了逃避責任而另外準備了一個地位苟且偷安。

單眼鏡底下的目光瞇細起來。難道他想用這種對壬氏苦苦相逼的方式出一口怨氣？看馬閃那種眼神只差沒上前與羅漢扭打，父親高順攔住了他。羅半神情尷尬，在那裡觀賞書房裡的日用什器。

周遭的聲音漸漸遠去，反之只有軍師的嗓音越發清晰。

「繼續當半個閹人能成什麼事？」

話中沒有半點顧慮，只有惡罵。

壬氏思索半晌，想著該如何回答這句話。

然後，就在他正要開口之時……

「那真是對不住了，沒想到你原來是這麼認為的。」

一陣穩重的嗓音響起。一回神才發現，門口站了位姿勢歪扭的老人。那人身後有幾名氣喘吁吁的宦官，另外還有個籠子，看來宦官是讓老人坐在籠子裡扛著跑來的。

老人羅門向扛著自己跑來的宦官低頭致謝後，跛著腳走進了書房。

「我也不是自願成為宦官的啊。」
面對神情沮喪的羅門，羅漢急忙揮手。
「叔……叔父！不不，不是的，我這不是在說叔父啦！」
「是嗎？我正是個半吊子的宦官，而且腿腳不方便，剛才還嬌貴地坐籠子讓人送來呢。再說，若是說人家沒把貓貓顧好，那我不是也有責任了？」
貌似老婦的宦官，用他那穩重的神情看著狐狸軍師。戴著單眼鏡的軍師眉毛下垂到蠢笨的地步。
「……幸好趕上了。」
羅半在後頭如此喃喃自語。方才他跟高順說的話，看來就是要去叫羅門來。
話說回來，又是羅漢又是羅半又是羅門的，實在搞得很複雜。
方才還目空一切地掌握全局的羅漢，如今的態度活像討好母親的兒子。壬氏差點沒笑出來，但他必須憋著。往後頭一看，高順眉頭皺得緊緊的，八成是在憋笑。
只有馬閃不明就裡，一臉不解地看著叔姪倆的一來一往。
「你只要一生氣，就會這樣抨擊對方。但是在講話做事時也得為對方考慮一下，這是很重要的。」
「這點道理我明白啦，叔父。剛才只不過被激怒就忍不住嗆了回去，我其實絲毫沒那個意思的。」

壬氏根本沒講過半句激怒他的話，不過還是保持沉默吧。作人要識相點。

「那就好。那麼，你是不是該恭恭敬敬地，把你來這兒要談的正事告訴人家呢？」

「……」

被小個子的老人輕拍幾下肩膀，羅漢轉向壬氏這邊。

然後，他站到壬氏面前，屈膝下跪拱手作揖。這是對對方表示恭敬的行禮方式。

「臣前來懇請殿下出兵，討伐逆賊子昌。」

羅漢官拜太尉，也就是軍事長官的地位。這樣的人物前來請求壬氏發兵，是怎麼一回事？

「子字一族疑似早在多年前就開始生產新型突火槍，反逆意圖罪證確鑿。」

羅半補充說道，重新將剛才拿給壬氏看的清單攤在案上。

再加上還有謀害壬氏未遂，以及樓蘭逃出後宮之事。

「膿血必須早日清除。」

這句話讓羅門露出心痛的表情。即使是征討逆賊，心地善良的醫官恐怕也不樂見戰火連天。

而羅漢向壬氏提出此一請求，代表何種意義？

這下就明白羅漢為何方才稱壬氏為閹人，企圖激怒他了。
以國家的立場討伐子字一族，必須調動禁軍，也就是直屬皇帝的軍隊。而指揮禁軍的將領並非太尉羅漢，而是國內最尊貴的帝王。
但是，皇上不能輕易離開都城。
這時候就得立個代理。
「殿下還想以假托的身分欺騙世人多久？」
羅漢隔著單眼鏡看向壬氏。不，是注視披著壬氏此一外皮，名喚華瑞月的男子。
瑞月咕嘟一聲吞下了口水。
他知道這是遲早的事，只不過是現在發生罷了。
看來是該下定決心的時候了。

十七話　蔓盆

「藥還沒好嗎？」

貓貓每天只能從關她的房間出來一次。她會被人盯著，像這樣被帶到神美的房間來。

房間窮奢極侈到不像在城塞裡。地板鋪著異國的長毛地氈，上面擺滿了同樣來自異國的日用什器。茶水也散發出花與蜜的芳香。

神美閒適地坐在安樂椅上，左手讓侍女磨著指甲。腳邊跪著個年輕男子，替神美揉腳。房間裡焚燒著芬芳馥郁的香料。在她背後有張大床，幾名女子嘻嘻笑笑地躺在上頭，還發出酒味。

屋裡瀰漫著難以言喻的淫靡氛圍。

貓貓抽了抽鼻子。

（裡面摻了些東西。）

香料以麝香為底，混合了其他幾種氣味。躺在那床上的女子們之所以莫名地渾身酥軟，難以判斷是不勝酒力還是有其他因素。

樓蘭待在神美身後，吃著點心。翠苓在幫她梳頭。

之前那對感情融洽的姊妹，在這兒看起來就只像是主人與侍從。

「可能還需要點時日。」

「哎呀，這樣啊。」

神美如此說完，就揮揮團扇打發貓貓出去。

貓貓深深嘆一口氣走出房間，發現一張熟悉的臉在看她。

「喂，開藥舖的。」

只有響迂才有這麼倨傲的口氣。他身後有個像是褓姆的侍女以及四個小孩子。貓貓沒特別說過自己的名字，也沒人替她作介紹，所以響迂都叫貓貓為開藥舖的。

「何事吩咐？」

貓貓的立場不允許她回答「幹麼，死小鬼」，所以用這種語氣回話。貓貓也得顧到保身之道，後面有個壯漢盯她，又有褓姆在場，講話不能隨便。

「嗚哇，肉麻死了！」

（嗯，真想打他。）

好，等兩人獨處時就用拳頭鑽他兩邊太陽穴吧。貓貓暗自發誓。遺憾的是恐怕不會有那多餘精神了。

「若是沒有事要吩咐，小女子想回房去了。」

置身的立場雖令人不愉快，不過貓貓倒不討厭做這些事。房間裡除了老舊的藥多了一點，其他都不比尚藥局的藥櫃遜色。最令她高興的是書籍簿冊數量龐大，不知道之前待在這兒的藥師醫術有多高明。

「我問妳，屋裡有沒有別的女人？」

「有。」

（有是有啦。）

但那氛圍有點兒童不宜，太靡爛了。

雖說貓貓在響迂這個年紀，男女交媾看得已經比貓狗交尾還多，早就沒了雙頰飛紅的那種羞恥心，但這跟那是兩回事。

「我問妳，我娘也在裡面，她看起來好嗎？我聽說她忙著當差。」

「……小女子不知道哪一位是她，所以說不上來。」

「這樣啊。」

響迂神情有些沮喪氣餒地說。

貓貓實在說不出口。屋裡有那種可能的人看起來實在不正常。

「沒奈何，娘當差忙嘛。也許我還是該待在村裡等她的。」

（是這麼回事啊。）

不知道是誰的主意，但這樣做是比較明智。不知把響迂託給溫泉鄉照顧是為了不讓他見到親娘，還是親娘自己這麼做的。

「那麼，小女子告退。」

「啊，喂！」

響迂想跟貓貓說些什麼，但瞄了旁人一眼之後作罷。看來他雖然有話想說，但不適合在這裡開口。

「告辭。」

「嗯。」

貓貓回房間去了。

後來，連續過了幾天一成不變的日子。只有一件事令貓貓在意，那就是房外變得常常聽見小孩的聲音。

（是響迂他們吧。）

每當他們靠近這邊，就會被侍女勸著帶走。看來人家並不希望他們靠近這裡。

（好像可以理解。）

下人把試藥用的小動物運進了貓貓的房間。雖然她有勤於打掃，但還是說不上衛生。

（總覺得有股臭味。）

一方面是老鼠的體味，但有時還會聞到腐敗的臭味。像是家畜糞便或雞蛋腐爛的臭味。

在前往神美房間的路上，從階梯那兒常常飄來這股味道，所以或許是樓下在幹些什麼事。貓貓想起她在溫泉鄉發現過拆開的突火槍，說不定這裡也在研製相關的器械。

（希望不要發生爆炸就好。）

不過，貓貓現在沒空擔心那種事。

她看過前任藥師留下的簿冊，得知他在調製不老藥之時作過多次返魂藥的實驗。兩者關聯說遠不遠，說近也不近。但是翠苓就是用這藥甦醒過來的，所以也不能說實驗都是白作。

至於最重要的長生不老，簿冊上只記載了美顏水或身體內部淨化等基本功。當然，他寫得沒錯。

（天底下沒有萬靈丹。）

同樣地，人能夠延緩衰老的速度，但不能永不衰老。最確實的方法是每天生活起居有規律，三餐注重營養，並且適度運動，這才是最佳途徑。但是，神美要的恐怕是喝一杯就能年輕十歲，立即見效的藥。

（會有才怪。）

貓貓也明白這道理，然而貓貓有她身為藥師的自尊，無法因為知道沒有就試都不試。

「你們也真可憐呢。」

貓貓對著老鼠說。好吧，這些老鼠雖然是用來試藥的，但因為有給餌，比外頭一些老鼠胖多了。這些老鼠必須一隻隻分開放，否則立刻就會越變越多，因此除了留一對雌雄來繁殖之外，其他都分開養。

（想了都頭暈。）

既然是不老藥，表示得靜觀一隻老鼠壽終正寢。就前人留下的簿冊看來，老鼠用普通方式養大致可活三年，雖然個體之間有差異，不過最長好像可活到四年。

（我可不打算待那麼久。）

想歸想，貓貓還是高高興興地開始替胖老鼠作飼料。

就在這時，外頭傳來說話的聲音。看來是看守換班的時辰到了，腳步聲喀喀響起。

（差不多該送飯來了吧。）

大致上來說，早飯與晚飯會在看守換班之後送來。

貓貓放下手裡的乳缽，伸個大懶腰轉動肩膀。這時，她聽見不明的「叩」一聲。

（什麼聲音？）

一看，入口門扉底下掉了個東西。靠近撿起來看看，似乎是紙屑。好像是從門縫裡塞進來掉到了地上。

貓貓撿起來打開看看。

「快逃，看守有我引開」。

紙上寫著笨拙的字，似乎是小孩的字跡，裡面包著一團鐵絲。

（是響迁嗎？）

可能是知道貓貓是人質，也可能是知道待在這座城寨就會有危險。貓貓不知道他心裡是哪種想法，只是小鬼應該是擔心貓貓才會這麼做。

很遺憾，這麼細一根鐵絲無法撬開這扇門。更何況如果需要這種工具，這房間裡多的是。

而這項計謀，也不過是小孩子的膚淺智慧罷了。

「放開我！放開我！」

門外傳來響迁的聲音。

擺明了是想設法支開看守，結果失敗了。

「你是什麼意思？」

饗迂被罰跪坐在地板上。可能是掙扎了一番，衣服有點凌亂。

看守把翠苓叫來了。她接到報告說饗迂想讓貓貓逃走，於是急忙趕來。而貓貓也被叫出了房間。

「我不懂妳的意思。」

饗迂佯裝不知。

翠苓冷眼看著他，視線瞄了貓貓一下。

「是妳教唆他的嗎？」

「我不懂您的意思。」

貓貓悄悄把手裡的紙屑握成一團。

「就是啊，我就跟平常一樣在玩而已，只是想看看那邊那個看守有沒有偷懶嘛。」

饗迂臉上毫無反省之色，這樣看來貓貓最好也裝傻到底。總覺得翠苓看起來好像也是這麼希望。

只是看守不肯善罷干休。就是自從貓貓來到此地以來，一直在看守房間的男子。

「你們的意思是我誤會嘍？」

翠苓無視於這句話，盯著饗迂瞧。

「假如你真的沒有要做什麼，今後就不准再那樣了。」

「知道了啦。」

雖然看守一副難以接受的表情，但只要可以息事寧人，就算手段略嫌強硬也要讓事情和平收場。

（這下就結束了。）

豈料，天不從人願。

「哎呀，什麼事啊？」

貓貓打了個冷顫，全身爬滿雞皮疙瘩。

她聽見了喀喀聲。是穿著木鞋嗎？那聲響在迴廊中迴盪。

聲響越是靠近，翠苓的臉色就越糟。不光是翠苓，看守與響迂也都臉色鐵青。

難怪翠苓會想早點了事。

來者是神美。她頭髮帶著水氣，輕輕綰了起來。雖然有化妝，但比平時淡，臉頰似乎微微泛紅，也許是剛剛出浴。身後跟著樓蘭與兩名侍女。

響迂的眼睛一瞬間發亮了。他嘴巴似乎動了動，但沒發出聲音。也許是身後兩名侍女當中，有一個是響迂的母親。

「沒什麼，不是什麼大不了的事。」

「究竟是什麼樣的事？還有我想知道藥師怎麼會出了房間。」

看來笨拙的藉口對神美不管用。翠苓死了心，開始輕聲說道：

「響迂似乎在這個房間前面玩，但好像是妨礙到看守了，為了以防萬一，才會把房裡的藥師也找來問問。」

「哎呀，你調皮啦？」

神美的視線移向響迂，響迂目光游移。

「不行喔，不可以調皮搗蛋。會逼得我非得教訓你不可。」

說著，她站到響迂面前。她指尖上套著尖銳的翡翠護指，輕戳般地碰觸響迂的柔嫩臉頰。

「是不是該打打屁股才好呢？」

「神美夫人，這……」

翠苓插嘴，但講到一半就停了。

「哎呀？什麼事？」

「響迂還是個小孩子，況且也沒做什麼大不了的事……」

翠苓越講越小聲。

響迂的視線看向樓蘭、翠苓，然後是神美身後的侍女。侍女的目光有些空洞無神。

神美偏偏頭。

「也就是說，有人為了一點芝麻小事大吵大鬧嘍。」
她視線轉向看守。
「小的不敢。」
「哎呀，這樣啊。可是，好像是你的不對呢。總之，得調教調教才行。」
貓貓覺得她那用團扇遮住的嘴一定畸形地歪扭著。這個女人或許有著從凌虐他人獲得快感的性癖好。
「總之，就請你到水牢裡好好反省如何？」
「饒命啊！」
（喂喂喂。）
貓貓不知道水牢是什麼，也許是要在這麼個大冷天，把人囚禁在浸水的地方？
（太不講理了。）
大概是欲加之罪何患無辭吧。只要能折磨對方她就開心了。
真不想跟這種傢伙扯上關係，同時這種人也讓她火冒三丈。
可能是因為如此吧，貓貓不由自主地脫口而出：
「臭老太婆。」
聲音小到幾不可聞。但是，在場的神美似乎聽得一清二楚。這裡面年紀最大的女人，除

了神美沒有別人。

一回神時，貓貓的身體已經飛向了一旁，耳朵與太陽穴都痛得緊。她忍著痛睜眼一看，只見漲紅了臉的神美高高舉起了團扇。

（嗯，我真傻。）

貓貓說出了更傻的話來。

「是我拜託那個小孩的。」

可以說是怒火沖天了。神美的臉孔簡直有如修羅，光是看到她那視線，膽子小的人就會嚇到失禁了。但是，貓貓早已見慣了這種夜叉婆。

問題是對方不懂得下手輕重。這次團扇打到了貓貓肩上。

「這次的藥師真是個爛胚呢。」

神美對著按住肩膀的貓貓罵道。她停下來喘口氣，但怒氣未平。

「既然這樣沒奈何了，就讓她稍微反省一下吧。把這人關進水牢。」

（嗯，這下傷腦筋了。）

但是，這恐怕是自作自受吧。自作孽不可活。早知道就別替看守或嚮迂操什麼心，乖乖閉嘴就沒事了。

但是，像貓貓這樣的傻瓜還不只一個。

「神美夫人，這樣又要失去藥師了。」

「哎呀？」

聽到翠苓這麼說，神美對著她皺眉蹙眼。翠苓想找些話講，往前走出了一步。但是霎時間，團扇打到了她的肩膀上。

「誰准妳亂動了？」

「……非常抱歉。可是……」

團扇再次高舉揮下，這次落在翠苓的額頭上，弄得她皮破血流。神美一把抓住她的頭髮，把臉湊近過去。正不知她要做什麼時，神美竟然伸舌舔掉了她流出的血。

（……）

「無論身上流著再高貴的血，只要混入一次髒血就不行了呢。」

神美把帶血絲的唾液吥在懷紙裡包起來，丟到了翠苓的頭上。

「這東西不能用了。」

說完，她丟掉了手裡的團扇。侍女即刻遞出一把新的，難道是隨身攜帶嗎？這是否表示神美經常這樣動輒打罵別人？

翠苓用手絹擦掉額頭上的血，然後直接站起來。她站著不動，只有視線朝向貓貓。

（也許是個責任心重的人。）

她或許覺得自己對貓貓有責任吧。貓貓會像這樣來到城寨，雖然一方面也得怪貓貓輸給好奇心，但翠苓仍有意保護她。這份心意貓貓接收到了。

然而，這次的對手太難對付了。

相較之下，樓蘭表情文風不動，跟隨在母親身後。

「母親大人。」

樓蘭向把玩著新團扇的神美說。

「怎麼了？」

「難得有這機會，我想用用那個。最近這陣子不是都沒用到嗎？」

（那個？）

還真是引人猜測的一句話。

「噢，妳說蠆盆是吧？」

這個字眼讓翠苓渾身顫抖。

（蠆盆？）

好像在哪兒聽過，忘了是什麼意思。

「那個就是嫌規模小了點。不過嘛，一個人的話也夠用了。上次試過，可有效了。」

說完，神美瞄了翠苓一眼。

翠苓變得更加面無人色，拳頭握到手背都白了。

「那麼，今天就用那個吧？」

神美含笑說完後，對兩名護衛使了個眼色。護衛各抓住貓貓一條手臂，就這樣把她拖走。

貓貓被帶到城寨的地下。喀喀走下石階，一陣潮溼的空氣隨即飄來。門是木製的，一看，裡面呈現寬約十一尺（三公尺半）的圓形。地板位於約二尺下方，那兒除了地板什麼也沒有。護衛把貓貓推進去，將火炬裝在牆上。

天花板很高，只有遠遠上頭有扇窗戶。

「別怨我，這是神美夫人的命令。」

其中含有幾許同情。

然後，有人搬了一個大箱子來。護衛看到箱子，一副厭惡的表情把它拿進牢裡，推開蓋子後立刻關上了門。

裡面有某些東西在蠢動。牠們在箱子裡爬來爬去，想到外頭來。

（哦，對了。）

貓貓有聽過蠆盆這個名字，是古代狂王發明的處刑方法。

做法是挖個大洞，把罪人丟進去。洞裡有如今在箱子裡蠢動的東西。

貓貓發抖了，全身無法控制地爬滿雞皮疙瘩。她知道翠苓何以那樣怕蛇了。

蠢動之物在箱子裡昂首，紅紅的舌頭頻頻伸出。先是看到圓圓的眼珠子，接著有如細長繩索的身體蜿蜒著現形。小蟲子沙沙爬出，青蛙嘓嘓地叫。

「……呵呵。」

她忍不住發出了聲音。

貓貓眼如秋水，露出了滿面笑容。許久不見這些小傢伙，現在看看還真可愛。

貓貓一邊笑著，一邊拿起頭上簪子與塞進懷裡的搔頭。

無數的蛇與毒蟲，從箱子裡爬了出來。

十八話　突火槍

（這可派上用場了。）

搔頭前端刺著有如魚片的東西。之前子翠幫她插上的頭飾可以一分為二，其中一邊尖銳如錐，正好拿來當烤叉。

貓貓看到油脂滋滋滴落，喉嚨發出了咕嘟一聲。

（要是有鹽就好了，更奢侈一點的話有醬更好。）

整片都烤熟了之後，貓貓一邊把肉吹涼一邊吃。雖然骨頭多了點，但不能奢求太多。

味道就像雞肉，但是火源用的是魚油，因此有著魚的風味。冬眠前的這種生物貯存了許多養分，把嘴唇沾得油光閃亮。

正在大快朵頤時，覺得外頭好像開始吵鬧起來。但貓貓想趁火熄滅之前把肉都烤好，因此又新切了些，刺在叉上燒烤。

「唉，好想加鹽喔。」

就在貓貓忍不住喃喃自語時……

眼前出現了一個啞然無言的男子。

「……妳這是在幹麼？」

「吃東西。請問有鹽巴之類的嗎？」

這回答實在太呆了。

「會有才怪！」

男子看看貓貓四周，「嗚！」地用手摀住嘴巴，看來是在勉強壓抑著噁心感。貓貓心想「這傢伙是誰啊」，仔細一看才發現是方才鬧了一場的看守。

這個男人怎麼會在這裡呢？

「妳在吃什麼？」

「蛇。」

「……就讓我當它是魚吧。」

貓貓覺得這看守回話還真逗趣。然後，總之她先將烤好的肉全塞進嘴裡嚥下去。

「我怎麼聽說這裡是拷問房？」

「對有些人來說想必是地獄吧。」

雖然對貓貓而言有如進入寶山，但別人看到可能不會想踏進這裡。

狹窄的牢房裡，有超過一百隻的蛇與毒蟲。其中一部分被切碎，腦袋搬家。其他則是在寒冷的牢房裡慢吞吞地爬動。

（真是胡鬧。）

誰叫他們要在冬天用蛇。這時期蛇早該冬眠了，因此動作很遲鈍。讓慣於捉蛇的貓貓來，一下就能砍掉牠們的頭。毒蟲也一樣，動作都變得很慢。真要說起來，把毒蟲跟蛇放在一起只會害牠們被吃掉。笨青蛙貪心地吞下毒蟲，中毒翻了個四腳朝天。

貓貓用搔頭當錐子，用壬氏給她的簪子當小刀，先殺死了危險的毒蛇。在這個季節捉蛇想必很不容易，箱子裡的蛇幾乎都無毒無害。蟲子或青蛙也只有一半有毒。

雖然貓貓也滿想試試毒性的，但現在時候不對。殺了毒蛇後，接著再殺死不太熟悉的蛇，只有無害的蛇放著不管。

蛇也並不樂意襲擊人，更何況天氣冷，動作都很遲鈍。

即使如此，貓貓並不想在狹窄牢房裡被這些東西爬滿全身，於是坐上放蛇的箱子，在周圍撒了灰。貓貓習慣隨時在懷裡揣點藥。其實用菸草更好，不過貓貓用氣味強烈的藥草替代，燒成灰之後撒在箱子周圍。火就從火炬取來一用。

看守用一種不可置信的眼神看著她。

「我來這趟有意義嗎……」

「對了，請問有事嗎？」

聽貓貓這麼問，看守怏怏不樂地說：

「是翠苓姑娘……還有那個小鬼拜託我的。妳被關在這裡，我們卻不用受罰。小鬼說無論如何都想救妳，把這個給了我。」

看守拿著一塊翡翠玉飾。以報酬來說算是夠豐厚了。

「話說回來……」

看守臉色慘白，說自己要是待在這種地方早發瘋了。

「這種地方我再也待不下去了。翠苓姑娘叫我逃走，所以我順便來救妳。而且好像要發生什麼危險的事了。」

男性看守如此說道，懷裡不知怎地鼓鼓的，大概是趁火打劫吧。

往牢房外一看，有個男子昏倒了。似乎是這個男人弄的。

「勸妳也快點逃走吧，狼煙都升起了。」

「狼煙？」

「是啊，那是京城即將派軍前來討伐的信號，所以外頭鬧得可凶了。」

看守說就是因為這樣，他才能輕鬆溜進來。

「謝謝這位大哥。」

貓貓坦率地道了謝。要是繼續被關在這裡，後果不堪設想。

「不謝，我走了。還有，順便再雞婆說一下，當心與這兒反方向的地下階梯。那下頭在做各種危險的事，而且常有人進出。要逃的話就避開那兒，到馬廄偷匹馬吧。」

「危險的事？」

「聽說是在製造火藥。味道臭得很，一聞就知道了。」

貓貓眼睛一亮。

「謝謝，我這就去看看。」

「喂！妳聽不懂人話啊！」

貓貓沒理會嚷嚷的男子，直奔地下而去。

貓貓一步一步走下通往地下的階梯。順著冰冷的石牆，可以感覺到深處傳來做工的聲響。

貓貓悄悄探頭偷窺室內深處。

數十名髒兮兮的男子，打著赤膊在幹活。獨特的臭味撲鼻，比起硫磺燃燒的臭味，家畜糞便發酵的臭味更重。

不時飄來的惡臭就是來自這兒了。

可以看到某種堆積如山的黑塊。

（家畜的糞便？）

不，沒那麼大。看起來像是老鼠大小的小動物糞便。聽說動物糞便裡含有某種成分，可作為硝石的材料。

大概是用這些糞便當成材料吧。

地下比想像中更溫暖，很可能是為了弄乾作好的火藥而提昇了室溫。但就是這樣才可怕。

雖然火缽有遠離火藥，並且圍上簾子以免濺到火星，但要是萬一燒到了會怎麼樣？他們待在這種地方，到底了不了解這種危險性？

更何況一直待在這種空氣混濁的地方，遲早會因為呼吸過多髒空氣而引發中毒症狀。環境可以說相當惡劣。

完成的火藥從另一個出口一批批運出去。

正在看著時，後方傳來了腳步聲。貓貓躲進附近一個櫃子後面，心臟發出怦咚怦咚的劇烈聲響。

貓貓一邊擔心旁人會聽見這聲響而發現自己，一邊看了看來者。

「……」

貓貓呆愣地看著走過的人。

子翠神色肅穆地走著。不，與親娘同樣穿著一身華服的她，或許該稱為樓蘭才正確。在這瀰漫排泄物臭味的陰暗地下空間裡，她成了個突兀的存在。

「樓……」

貓貓想出聲叫她。

但她沒聽見這聲音，在眼中蘊藏著某種強烈的情感，往地下中央移步。

周圍正在幹活的男子們，看到樓蘭立時起了一陣騷動。其中一名男子怯怯地上前，看來像是這兒的工頭。

「小姐……」

「你們立刻離開這裡。」

凜然的嗓音響徹地下。

男子們一頭霧水，面面相覷。

「這座城寨很快就會失守了，在那之前，你們快點逃出這兒吧。」

說著，樓蘭從懷裡拿出一個大袋子丟到地上，銀子從裡面灑了出來。男子們財迷心竅，開始爭先恐後地撿。

確認大家撿得差不多了，樓蘭高高舉起手裡的燈，然後猛力往前一丟。

（她瘋了嗎？）

燈沿著曲線飛出去，掉到了正在晾乾的火藥上。

「儘管逃吧。」

樓蘭露出以前那種天真無邪的笑臉說。

貓貓即刻摀住耳朵，當場縮成一團。轟然巨響隔著手掌振盪鼓膜。慌張逃竄的男子們好幾次踢到或踩過貓貓。

爆炸範圍越來越廣，延燒到木炭與動物糞便上。

（得快點逃走才行。）

這時，旁邊有人跌了個大跤。

絢麗的衣料被踩到好幾次，漸漸變得髒兮兮的。貓貓抓起摔倒之人的手，拉她起來。

「奇怪？貓貓妳怎麼會在這裡啊？牢房怎麼了？」

披頭散髮的樓蘭表情一愣。不，眼前的人看起來不像樓蘭，比較像子翠。那天真無邪的表情給人這種感覺。

「我才想問妳呢。」

貓貓傻眼地說完，樓蘭摸摸貓貓的臉頰，手伸到右耳上。

「有沒有受傷？」

「看守救了我。蛇被我享用完了。」

貓貓早已知道樓蘭特地指定蕰盆是用心良苦。好久沒吃蛇了，味道不錯。
「呃，我不懂妳在說什麼。不，我是認為妳應該很會對付那些東西啦。」
貓貓覺得愛吃蟲的姑娘沒資格說她。不過現在這不重要，得早早離開這兒才行。
「……我們快走吧。」
貓貓用衣袖遮住樓蘭的嘴，勉強爬出地下。她拉著樓蘭想趕緊跑出城寨。
但是，樓蘭卻踏上階梯，想往上走。
「火勢要燒過來了。」
「沒關係，我必須上去才行。」
樓蘭拖著破破爛爛的裙裳登上階梯。
濃煙不斷往上升，幾乎讓人鼻子失靈的惡臭刺痛眼睛。就算火勢沒燒過來，也會被煙熏到引發中毒症狀而死。
「妳要跟來？」
貓貓覺得自己真傻。
「是啦。」
在這種狀況下，貓貓要逃走很容易。方才那些逃走的男子，都爭先恐後地直奔城寨出口去了。

「要是被母親大人知道會很慘的。照她那人的個性，就算留下來，她也會追究這事的責任。只挨鞭子還算好的了。」

樓蘭談起自己的母親，目光漸漸變得低垂。

「我看樓蘭像是讓人捧在手心裡長大的啊。」

之前樓蘭說過，綰髮或是按摩要是做不好都得挨鞭子。但是以樓蘭的立場，應該是不會這樣挨打的。

「母親大人啊，根本不記得我長什麼樣子。」

樓蘭表示自己自懂事以來就被塗上胭脂，抹上白粉。像個偶人一樣為了母親笑，為了母親愁。簡直就像戴著面具一樣。

她在快滿十歲時得知了姊姊的存在。那時母親欺凌最甚的一名下女死了，父親收養了她的孩子。看到母親把自己弄得披頭散髮咒罵父親，她覺得彷彿見識到了地獄。

「母親大人一直在欺凌姊姊。」

這讓她知道姊姊的生母，一定也是遭神美長期虐待至死的。

然後，她得知了姊姊遭到虐待的原因。

「母親大人說這對母女是存心來愚弄她的，說她女兒也是個什麼事都做得出來的娼婦。太奇怪了，明明打扮得那麼美，卻不斷吐出些比泥巴還髒的字眼。」

「……翠苓該不會是……」

貓貓想起來了。想起神美舔掉翠苓的血時說過的話。

「妳沒在後宮聽過風聲嗎？有位宮女是先帝的第一個犧牲者，生了孩子，母子卻被拆散。那位宮女就是姊姊的外婆。」

然後，宮女在後宮孤獨地死去。據說她到了晚年，唯一的樂趣就是收集鬼怪故事。

「有一次大家不是講鬼故事然後差點窒息而死嗎？那個啊，搞不好就是姊姊的外婆作祟喔。因為母親大人一直以來做了太多過分的事，所以她應該很恨我這個作女兒的吧。」

樓蘭呵呵輕笑。

「誰也不知道鬼魂是否存在吧。」

誰知道那種東西究竟是否存在。至少貓貓覺得不存在。

樓蘭說「真像貓貓的個性」，破顏而笑。

「我好想跟姊姊要好，所以好幾次扮成下女的模樣去找姊姊。結果每次母親大人都沒發現是我，還叫我打雜呢。」

但是當然做不好，所以好幾次被她用團扇打。挨打是挨打了，但樓蘭照樣去見姊姊。每次她都得因此受到打罵，可是神美從來沒發現她是樓蘭。

眼前的人不過是個下女，不是對自己百依百順的可愛玩偶。

子翠仍然笑著。

「拿來自己使用。」

子翠表情不變，她直接開門。

「貓貓真的好敏銳喔，沒枉費我找妳來。」

貓貓想起以前子翠說過的鬼故事，講的是鳴聲如鈴鐺的蟲子。之前子翠在後宮捉過那種蟲子。前任藥師留下的書冊當中對那蟲子有詳細記載，說是音色悅耳，可放在籠子裡養。但是一到秋天，此種蟲子就會啃食同類，母蟲會吃掉公蟲，以生下孩子。

這必定就是那鬼故事的典故了。如今貓貓已明白子翠當時為何要講那個故事。

（她是在講自己啊。）

懷了孩子就得吃掉父親。

將後宮比作籠子，皇帝與嬪妃比作公母鈴蟲。雖然是大不敬，但很貼切。

而子翠應該就是怕這件事發生。在她捉蟲的地方附近，生長著許多酸漿與白粉花等墮胎藥的材料。

走進房間一看，裡面有張大床，孩子們睡在床上。響迂也在，就他一個人摔到了床下。

（睡相真差。）

雖然不好意思叫醒他們，但是必須叫他們逃走才行。貓貓走到了床邊。

「……這是怎麼回事？」

貓貓發現情況有異。小孩嘴邊淌著口水，手抓住褥子，像是在尋求什麼依靠似的。他們肌膚冰冷。貓貓執起小孩的手把了脈。

「已經沒氣了。」

床邊桌子上有水瓶，以及與人數相同的杯子。

子翠走近床邊，眼神滿懷慈愛地撫摸每個孩子。

貓貓橫眉豎目，高高舉起了右手。她按捺住想給子翠一耳光的衝動。

「妳給他們服毒？」

「是藥……」

貓貓緊緊握起發抖的手掌，變成拳頭。

「做下這麼大的事，勢必要株連全族的。這不是明擺著的事嗎？」

縱然是幼小的孩子也不例外。他們連爹娘做了什麼好事都不知道，就這樣將被送上絞刑架。

「我摻在甜甜的果子露裡餵他們喝。在暖和的房間裡，大家開開心心地看了畫卷之後就喝了。記得也有孩子折騰了一下，好像是想跟娘親一起睡，只可惜你們的娘啊，跟我的母親大人感情太好了。響迂來得慢了點，原來是因為想救貓貓啊。」

子翠歪著嘴角露出笑容。

「那孩子說不定已經知道了。他咬著嘴唇，卻把果子露喝得一滴不剩。其實我並不想帶他來的。」

「妳把我帶來是為了什麼？」

子翠眯起眼睛，目光就像在說「妳分明知道答案」。

「本來是想用別種法子帶妳來的，奈何天不從人願呢。」

（是這麼回事啊。）

貓貓放下了右手。

外頭傳來沉重的嘶嘶聲，但貓貓無法從子翠的表情別開目光。

「人們都說母親大人以前不是那種性情，但我看很難說吧？明明從我出生以來，她就是那種女人了。她每次見著姊姊也欺負，見著年輕侍女也欺負，還教親戚女眷喝酒玩男娼。父親大人什麼也沒說，他不敢吭聲，只是等著母親大人原諒他。」

她的母親神美早已神智失常，一看就知道了。

「孩子一出生，就把夫君當成食物，簡直跟蟲子沒兩樣。蟲子還好多了，因為是為了讓孩子活下去才那麼做的。」

子翠厭惡成為母親，到了自行調製墮胎藥，持續服用的地步。

貓貓感覺如今聽到了最大的原因。

世上的娘親，不是全都像神美那樣。但對子翠而言，娘親唯有神美一人。

「我稍微查了一下貓貓妳的身家背景，妳的身世跟姊姊有點像呢。」

同樣是由前醫官養大，父親同樣都是高官。

「我沒爹也沒娘，只有一位養父。」

「呵呵，姊姊也說過類似的話。對啊，就是啊。姊姊總是說她不是我姊姊。」

子翠究竟想說什麼？

「說得對，她一定不是我姊姊。父親大人是個老狸妖，一定是覺得把皇帝血親留在身邊，日後可以拿來利用吧。」

不是姊姊，也就是說，子翠是聲明了翠苓與子字一族毫無瓜葛。

（妳騙人。）

子翠與翠苓長得很像，尤其是現在這面無表情的臉龐更是一個模子刻出來的。

子翠很仰慕姊姊。

但是，她卻否認翠苓是她姊姊。

「這些孩子若是蟲子的話，就能度過冬天了。」

說著，她再度撫摸孩子們。

（若是蟲子的話……）

貓貓明白了。

明白她為何帶自己過來。

貓貓一言不發地看著子翠。

子翠含著一雙淚眼。

貓貓想伸手過去，但子翠搖了搖頭。

（逃走就是了。）

貓貓心想。

可是之後該怎麼辦，貓貓一點主意也沒有。

自己對政治一竅不通，她對那不感興趣。她只想多學一點藥學，多研製一點藥，調配出百千種藥方。

那樣就夠了。

那樣應該就夠了。

別人死活不關貓貓的事，自己的性命最寶貝。貓貓被帶到這裡以來吃了多少苦，可不是別人能體會的。

但貓貓還是伸出了手。

而子翠拒絕了她。
「我有我必須扮演的角色，妳別攔我。」
「……這有什麼意義嗎？」
貓貓不知道她繼續這樣下去能得到什麼。但是，貓貓很容易就能想像到結局。
「出一口氣罷了。」
「那種東西，丟掉就是了。」
聽到這個回答，子翠臉上浮現淘氣的笑意。
「我說啊，貓貓。假如妳眼前出現一種未知的毒藥，人家跟妳說只有這次機會讓妳喝，妳會怎麼做？」
「喝光。」
貓貓即刻回答。除此之外還能有什麼選擇？
「可不是嗎？」
子翠如此說完，帶著笑容站了起來。
她腳步輕盈到好像是要去買個東西，準備走出房間。
（她要走了。）
貓貓不知道這時該怎麼辦，又不知道該做些什麼才好。

她努力找話講但找不到，只是伸出手握住了子翠的手。

「……至少，讓我許個願吧。」

「許願？真不像貓貓的個性。」

「偶爾許一下又不會怎樣，偶爾嘛。」

貓貓輕輕從自己頭上拔下了簪子，再輕輕地把它插進子翠的衣襟。

「不是插頭上啊？」

「再插就華美過頭了。」

子翠頭上插著大量的簪子。一般都說簪子可以驅邪，但這麼多感覺反而會喚來鬼怪。

「總有一天要還我，那是人家給的。」

「別強人所難了，我可是會把它賣嘍。」

「想賣的話也行。」

這支簪子模樣簡樸，作工卻很稀奇。將這簪子送給貓貓的傢伙是個纏人精，所以說不定這支簪子也會像原主一樣陰魂不散，轉來轉去又回到貓貓手裡。

「看妳沾了一臉灰。」

貓貓拿床邊的鏡子給她看。

「真的耶，像隻貍似的。」

子翠笑了。她笑著看向貓貓。
「之後就拜託妳嘍。」
她轉身背對貓貓。
門砰一聲關上了。
腳步聲越變越小。
不知不覺間，貓貓變成仰望上方。只是一直面朝上方。
後來過了不久，伴隨著漸漸變大的爆炸聲，整棟樓房搖晃了。

十九話　行軍

且說不久之前發生的事。

壬氏讓馬車顛簸著，與他不善應付的某某人面對面。

說是馬車，但以十匹馬拉著的這輛車，不如說是會走路的住宅還比較貼切。底板上鋪著滿滿的動物毛皮，中央放了張桌子。

平時總是笑得邪門的大人物羅漢，此時一臉煩躁不安地瞪著地圖。在他背後，他的養子羅半觀察著羅漢與壬氏的臉色，把懷裡的索賠單拿出來又收進去。

雖然在壬氏至今遇過的人當中，名喚羅半的男子是僅次於綠青館老鴇的守財奴，但壬氏這次由衷感謝有這人列席。

以目前的狀況，壬氏隨時挨揍都怪不得人。雖然在宦官羅門的用心良苦之下，羅漢算是收起了不少脾氣，但還沒完全息怒。

背後待命的高順也作好準備，隨時可拔出佩於腰際的刀。

對壬氏動手就是這麼回事，但此時的羅漢恐怕才不管那麼多，只想騎在壬氏身上揍他一頓吧。

羅漢的心情就是如此焦急。

只是，羅半盡職扮演了安撫他的角色。

「義父，容孩兒打個比方，假若有人對皇族動手，其罪過是否一人承擔足矣？」

他用這番拐彎抹角的話勸住了羅漢。

對壬氏動手等同於滅門絕戶，羅漢的女兒貓貓也不例外。羅漢知道壬氏是何方神聖，任何人都很難瞞過他的法眼。所以他才會請壬氏出兵。

壬氏原本還在懷疑，看來羅半果然也察覺到了。

問羅半是如何察覺的，結果得到的回答很有羅字一族的風格。

「因為個頭、體重、胸圍與腰圍等等全是同個數字。很少能找到兩個人是這樣的。」

於是壬氏知道，羅半也是用他人難以理解的觀點在看人事物。

「實在是美妙至極，可惜不是女子。」

被他補上這麼一句，壬氏雞皮疙瘩都起來了。雖然畢竟是堂兄妹，外貌或氣質都跟貓貓神似，但很遺憾地，壬氏沒那種興趣。

不過，壬氏知道此人才幹出眾，雖是文官，仍請他特別前來擔任輔佐。

今天的壬氏，並非名為壬氏的宦官。綰起的頭髮上插著銀簪，身上不是穿著平時的黑色官服，而是厚棉襖加上藍紫甲冑。

「雌雄不分的物類，豈能為國運一決雌雄？」

這是羅漢的說法。

況且，也該是褪去宦官外皮的時候了。

壬氏等人正在行軍，同時也在重新擬定戰術。

「真的可行嗎？」

「萬無一失。」

羅半回答壬氏。

攤開的是背倚山地的城寨的周邊地圖。

這城寨已多年無人使用，地圖頗為老舊，不過他們召集了曾屯駐該地的多名老將，重新編寫修訂了一番。

此處前眺平原，後倚山地。

而且不只如此，按照羅半的推測，那裡還有可能正在生產槍砲類兵器。

當地盛產木材，壬氏亟欲獲得這塊可資利用的茂密林地，但是當地世世代代都是由子字一族鎮守。

附近有個地方湧出溫泉，說是在那兒還能開採硫磺。

「硝石如何入手？」

這是製造火藥時，另一個不可或缺的原料。

「可能是因為有溫泉的關係，適於讓小動物過冬，據說附近有個巨大洞窟。」

說是洞窟裡堆積著大量的蝙蝠糞便。聽說動物的排泄物可作為硝石的材料。

壬氏沉吟起來。假若要使用槍砲，想必不是突火槍一類，而是在城牆上部署兵器以掃蕩大量敵兵。

若是敵軍用上火砲就有些棘手了。

壬氏能想到的事，羅漢早已了然於胸。

此時攤開的地圖，看在他眼裡大概也不過是個棋盤吧。

羅漢的手指，指著城寨後方的懸崖。

「想不發一砲就壓制此寨，道理上是可行的。」

羅半斬釘截鐵地說。

「聽見沒，這鐵算盤都這麼說了。」

羅漢輕輕拍了幾下養子的頭。

火砲使用的火藥非常容易受潮，即使火藥儲存量多到能隨時與火砲一起保管，平時應該也會收在兵器庫裡。

城寨位於高地，地形條件易於降雪。據斥候所言，今夜依舊是細雪紛紛。

若是以普通方式進軍，等於是去當肉靶子。

因此羅漢說出了個辦法：不想讓敵軍用砲，那就先攻陷火藥庫。而實行方式更是出奇。

雖然出奇但卻可能實現，正是這名男子的可怕之處。

「竊以為此乃崇節尚儉之計。」

羅半如此推崇這個方法，恐怕是受到了「節儉」二字的誘惑吧。壬氏覺得相處不過短暫時日，就已經徹底摸透了這矮個子的性格。

「得盡早壓制城寨，救出貓貓才行。爹爹這就來救妳了！」

「爹爹」二字讓壬氏險些面露苦笑，但現在不適合這麼做。

壬氏緊咬嘴唇，想起了那嬌小的姑娘。

是被捉為人質了，還是有別的理由？抑或是自願跟去的？他不清楚。

只是，只要她身陷敵營，壬氏想立刻救她出來。

壬氏緊握拳頭。

「就這麼辦。」

「請等一下。」

高順對壬氏的決斷插嘴。

「此事有個疑慮。」

高順皺著眉頭，下跪進言。

「有何疑慮？」

不只壬氏，羅漢與羅半也偏著頭。

「您是否忘了此次行軍的名義？」

率領的大軍人數，從城寨規模來想可說綽綽有餘。只要羅漢擬定的計畫順利，壬氏以為幾乎不會蒙受什麼損失。

「禁軍豈可行奇襲之事？」

壬氏一瞬間被問倒，答不上話來了。

他慢慢伸手碰觸頭上的簪子——麒麟紋的皇族明證。

可能是作宦官作得久了，他有時會差點忘記自己的立場。此刻的壬氏已不是壬氏。考慮到自己的立場，他必須拿出皇族的尊嚴，光明磊落地壓制叛軍。

他明白，但說出口的卻是另一句話。

「孤採納太尉的意見。」

「……微臣遵命。」

高順溫順地退讓了。

他的視線朝向後頭的男子。

灼灼的目光如針一般刺在壬氏的後頸上。

「如此甚好。我可沒有用頭骨作酒杯的興趣。」

說完，羅漢用鼻子哼了一聲，走出帳外，然後跳下雖然緩慢，但正在行進的馬車。著地的瞬間，羅漢的身體似乎發出喀嘰一聲歪了一下，不知道要不要緊。

羅半撥著算盤，確認計算上有無出錯。

「……殿下。」

高順呼喚了壬氏的本名。

他那眉間擠出了深深的皺紋。

「今後，您可得改變與那姑娘相處的方式了。」

高順用勸撫孩童的語氣說。

「孤明白。」

壬氏大嘆了一口氣。空氣很冷，吐氣都成了白煙。

他打了個大哆嗦後，穿起可以連頭整個包住的白色外套。

○●○

過了夜半時分，傳來了爆炸聲。

子昌驚駭地坐起身子，佩起放在枕邊的刀。

他上了床，卻睡不著。儘管在宮廷被稱為老貍妖，心思卻還纖細到無法度過輾轉難眠的夜晚。

不可能睡得著。

這十數年來，他是想睡也睡不著。

可能是被爆炸聲嚇著了，隔壁房間傳來的嬌喘安靜下來。女子們慾火焚身的聲音轉變為騷動。

在那隔著一面牆的地方，吾妻想必正在飲酒作樂吧，讓家族中的女眷都打扮得淫穢不堪，跟花錢買來的一群男人玩樂。自從女兒樓蘭出生以來，妻子天天如此。

而且是特地在子昌的眼皮子底下縱情酒色。

跟妻子廝混的女眷起初還不知所措，如今卻都樂在其中。她盡拉攏一些已有了子女、盡到婦道之人，以看她們變成淫婦為樂。

她原本不是那種女人。

子昌走出露臺，向外眺望。

他以為是敵人來襲。敵軍——八成是禁軍——的燈火還在遠處。這座位於高地的城寨能夠遙望至數里之外。照理來講應該還有小睡片刻的時間。

「嗯？」子昌發現風中混雜了一股怪味。

也許是硫磺的臭味。

他們讓人在地下製作火藥，也許是那裡發生了爆炸。

果然。他用力握緊衣襟。

他知道自己該有所行動，卻動彈不得。說來窩囊，但他只覺渾身無力。

女皇跟前的大紅人，皇帝都得退讓三分的大人物，狡猾的老狸妖。

在宮廷受人如此稱呼的子昌，與此時的子昌恐怕是判若兩人。就連自己都這麼認為了，莫可奈何。

他抱著從年過四十開始急速凸出的肚子，一步一步往前走。想到外頭確認狀況，必須經過妻子待著的房間。這讓他苦不堪言。

先帝恩賜的女子……不，是經過二十年好不容易才還來的未婚妻，從後宮出來之後就變得尖酸刻薄。

當她好不容易才回到子昌的身邊時，子昌已有了妻小，孩子就是翠苓。

子昌其實無意娶妻，對方想必也沒那意思。對方是出生於後宮的女子，被當成私生子攆出了後宮，但她的生父其實正是先帝。

那是先帝的請託。是大約在二十年前，突如其來地變得意志消沉的先帝託付給他的。他說「請你照顧吾女」。

妻子如今不只尖酸刻薄，甚至有了蛇蠍心腸。

得早點想想辦法才行。

子昌對自己好說歹說，好不容易才打開房門。男娼嚇了一跳，女眷可能多少還有點羞恥心，急忙披起了上衣。

只有妻子抽著煙管，橫躺在羅漢床上。那雙尖銳的眼眸清晰浮現著輕蔑之色。

「方才那是什麼聲音？」

妻子一邊吞雲吐霧，一邊語氣慵懶地說。

就在子昌想說「我正要去看個究竟」時……

砰一聲，靠走廊的門整扇被推開來。

那裡站著灰頭土臉的樓蘭。

「妳怎麼這副邋遢的模樣？」

「母親大人妳們沒資格說我。」

樓蘭語氣堅決地唾道，看著搶奪外衣的女眷。

「唯有妳們這些放著孩子不管，荒淫無恥的人沒這資格。」

聽到樓蘭這麼說，一名女子這才終於想起自己還有個孩子，想衝出房間。但樓蘭甩了那女子一耳光。看到女子往旁摔倒，男娼才知道事態嚴重，都逃走了。

這是我的女兒嗎？子昌滿腹疑問。子昌以為他這名喚樓蘭的女兒，是個乖巧聽話的孩子。以為是個穿什麼做什麼都聽母親的，像個玩偶般的孩子。

樓蘭就這麼邁著大步走進房間後頭，打開並排櫃子的拉門。當她打開最大的拉門時，子昌發現在那窄小空間裡關了個年輕女子。

「姊姊，對不起，妹妹來得晚了。」

渾身顫抖的女子手腳被綁住，正在遭受責罰。她長得很像樓蘭，正是自己的另一個女兒翠苓。

樓蘭替翠苓鬆綁，撫摸她的背。看她那熟練的動作，子昌發現這不是一兩次的事了，不禁對自己的無能失望透頂。

然後，樓蘭看向父親子昌。

「父親大人。」

樓蘭嫣然一笑。
「請父親大人至少在最後負起責任。」
子昌甚至來不及問她「什麼責任」。
「父親大人是狐狸鄉的老狸妖，就作弄凡人到最後一刻吧。」
先是又聽見一陣不同的轟然巨響，接著這次整座城寨都為之震動。子昌扶著牆壁支撐身體，再次走上露臺看清楚發生了什麼事。
他看見細雪四處飛散。城寨東側變得一片雪白，什麼也看不見。起初他不明白發生了什麼事。
然後，等到如煙的雪花稍稍落地，他才終於發現原本應該在那裡的房舍被雪掩埋了。他記得兵器庫原本就在那裡。
然而如今發生了雪崩，把房舍掩埋了一半。
樓蘭對啞然無言的子昌說：
「您應該早就知道贏不過那種對手了，請您負起責任。」
母親大人有我送行——她說。
女兒晃動著略帶焦痕的頭髮，磊落地站到了親娘的面前。
負起責任。女兒這一句話讓子昌用力握起了拳頭。

二十話　奇襲作戰

真是吃了熊心豹子膽——李白心想。

在他眼前，子昌的私兵無法巧妙應付突然現身的入侵者，被殺個措手不及。即使急忙舉起長槍，也不是有備而來的李白軍的對手。

李白此時待在這裡，是為了捉拿犯上作亂的子字一族。此處位於京城北方六十里外。本來早已棄置不用的城寨經過修繕，又有兵馬，當然就是那麼回事了。等於是欺君犯上。

雖然是座大城寨，但光靠這個就想起兵造反，實在愚蠢至極。

子字一族的大家長子昌，即使在宮廷也是相當有頭有臉的人物。他能趕走前任上級妃，讓自己的女兒取而代之，是連皇帝都得禮讓三分的人物，想不到……

李白一邊揮舞棍棒，一邊覺得不解。

是利慾薰心還是神智失常，李白不得而知。

只是，雖說是被逼急了，但在這種時候竟然從京城銷聲匿跡，躲進這種地方固守不出，難道是等著人家指斥他為逆賊嗎？

他很懷疑在宮廷被稱為老貍妖的人物，會做出這種傻事。

然而，李白是武官。問題就交給其他傢伙去深入探究，他只需完成他的職責。

李白用棍棒勾住敵兵的腳，直接將其掃倒。在李白後方，身穿白外套的部下將倒地的士兵一個個綁起來。李白原本也穿著同一件白外套，但嫌礙事，剛剛才脫掉的。

白外套濺上對手的血之後會變得醒目，本來是不適於作戰的裝束——

但是此種色彩卻能融入雪地，正適合用來潛行。若在無月的夜晚，更不會引人注目。

李白等人進軍時連火把也沒拿。部隊在前往城寨的途中兵分二路，分別是習慣雪地且本領高強之人集合而成的先鋒步兵部隊，以及其餘兵士組成的部隊。兩支部隊隔開數里行動。

結果形成的狀況是，城寨守衛入夜後的注意力被後方部隊手持的燈火吸引，沒察覺先行接近的部隊，誤以為還要一段時間才會兵臨城下。

不過這麼一來，李白等人也有個麻煩，就是得從數里之外開始走在空蕩蕩的平原上。若有星光指路也就罷了，在這狀況下通常都會迷失方向。

李白捆綁好所有敵兵後呼了口氣。這時，有個東西從他衣襟裡掉了出來。

「真佩服能想出這玩意的人。」

李白拾起掉在雪地上，仿造成魚形的一塊木雕。

李白等人就是靠它掌握了城寨的位置。

木雕裡放了塊磁石，把它放在水桶裡就能辨別方位，是船家的利器。

表面擦上了會發光的神奇粉末，即使在黑暗中也能看見指出的方位。據說原料是一種夜光蕈類。

而此番奇襲行動，還附帶了另一招。

李白用傻眼的表情看著從懸崖上崩落的積雪，如此心想：

「想出這起作戰的傢伙，到底長的是什麼腦袋啊」。

這座城寨之所以遭到棄置，有人提出過以下的理由。

據說鄰近溫泉地的場所容易發生地震。數十年前發生過一場大地震，似乎使得周遭地形起了變化。

當時山坡崩塌，之後每逢冬季都會發生雪崩。雖然規模極小，也並非頻繁發生，但位置不好。

由於雪崩總是落在屋頂上，造成房舍急速老化，正逢朝廷又有意縮減軍備，於是就順水推舟地廢棄了。

聽說此番雪崩是人為引起的，而且是考慮到今年比往年更寒冷，積雪也更深。

先鋒部隊當中，有幾名習慣爬雪山的人員被帶走了。他們帶著大量火砲不知去了哪裡，原來是去辦這件事了。

李白沙沙地走在被踩髒的雪上，無意間看到了一名進入城寨的人物。

白色外套與黑色長髮相映成趣。李白從沒想過自己會對一個男子產生這種感想，即使身處此種狀況仍面露苦笑。

那名男子本來不該出現在戰場上的。端正的臉龐既是後宮此一花園的園丁，卻也被列為百花之一。

然而，實際上並非「花」而是「華」。

半綰的頭髮插著銀簪。看到簪子的樣式，李白不得不跪拜。

那就是在茘國的名稱當中，三把刀頭上的那個草。在這國家之中，名字中帶有「華」字的大人物只有兩人。眼前這位便是其中之一。

本來這位貴人是不該待在這裡的。不但夜間行軍，還得靜悄悄地走上數里。即使部隊召集的都是身強力壯之人，但仍看得出疲勞之色。

然而，這位容貌婀娜如天仙的人物，手裡卻握著不合容貌的柳葉刀。他以藍紫鎧甲裹身，向旁人顯示他的存在。

男子原本的身分應該是宦官壬氏才對。是備受皇帝寵信的年輕宦官，相貌出眾到有時還會流傳些不雅的風聲。

當他身先士卒指揮將士時，張口結舌者不計其數，甚至有些官員臉色頓時刷白。他們這位迷倒芸芸眾生的頂頭上司，有時連男子都爭相追求。

李白也是其中一個目瞪口呆之人。自不久之前起，壬氏一位名叫高順的隨從便會囑咐李白許多事情；這次高順也叫李白從自己的部下或同袍中召集些不畏風寒又孔武有力之人，沒想到是這麼回事。

壬氏用的已不再是壬氏此一名字，但李白無法用有「華」字的姓名呼喚他。那姓名能記於文牘之上，但只有少部分的人能直呼此名。

壬氏進了城寨。李白隨後跟上以免落後。高順不在他身邊，取而代之地有位年輕武官緊跟在後。

李白也尾隨兩人而去。

城寨中奇臭無比，腐爛雞蛋般的臭味直衝鼻孔。正在奇怪是怎麼回事時，就看到幾名男子將整塊的雪搬到地下。

莫非是地下發生了火災或什麼狀況？李白急忙逮住運雪的男子盤問一番，結果猜得沒錯，說是發生了爆炸。

「得……得快點去善後，否……否則夫人……」

男子渾身發抖，從李白身上別開目光。

李白放開男子。

臉色慘白是被煙熏昏了，還是害怕他所謂的夫人？

不過城寨裡的士兵比想像中少，或許就是因為起了這場意外。

李白一邊用衣袖摀住嘴巴，一邊在立於眾人之前的壬氏身後跪下。

「有事進言？」

李白很慶幸對方願意主動詢問。

「但說無妨。」

「那就恭敬不如從命。」

每次遇到這種時候，李白總是後悔沒認真學過官話。

「照這濃煙看來，竊以為久留無用。裡面的人想必立刻就會自己出來。」

「這孤明白。」

看來是說了廢話，李白稍作反省。

「但是，其中可能也有些人逃不出來。」

「那麼下官讓兄弟們去找，請您離開城寨。」

「孤不能這麼做。」

聽到壬氏這麼說，李白險些沒齜牙咧嘴。幸好我臉朝下——他心想。

站在李白的立場，要是讓壬氏受傷，自己就糟了。他希望壬氏能快快出去，到安全的地方坐觀成敗就好。

但是，既然名目上是禁軍，壬氏也的確有必要身先士卒。也許因為已經做出了近乎偷襲的行動，所以這方面不能讓步。

他這樣堂而皇之地出現在眾人面前，表示已經捨去了宦官壬氏的身分。

這麼一來宮廷內的和諧就會一口氣崩壞。在宮中占有一席之地的子字一族已經是這副德行，在捉住的敵兵當中，有些必定是子家的人。捉住了是很好，不過其罪名已經確定了。欺君罔上之徒，原則上都是株連全族。雖然當今皇上也有可能從輕發落，但存不了太大期待。

「漢太尉之女被關在這裡頭。」

「這……」

漢是很常見的姓氏，但是漢姓太尉在國內僅有一人，也就是怪人軍師。那名男子有女兒已經夠讓李白驚訝了，為何會落入賊人手裡也是個謎。不過只有一點可以確定。

「你認為這能見死不救嗎？」

不能。

「這樣又要有新的政敵了。」

李白不小心說溜了嘴。

他感覺壬氏僵硬的表情當中，彷彿流露出少許別的感情。

「是啊，說得是。」

壬氏一邊流露出心如刀割的痛苦表情，一邊往前進。

李白站起來，用力抓了抓頭。這下子自己能做的，就只有早早結束差事了。

○●○

伴隨著轟然巨響而來的，是巨大的滑動雪塊。貓貓根據知識，知道那叫作雪崩。

積雪從後頭的懸崖上如瀑布般向下衝。雖然積雪很快就停止滑動，沒有衝到貓貓的所在位置，但曾經有間倉庫的地方被濃煙般的大雪淹沒，變得看不見了。

貓貓從露臺上眺望那片光景。

地下的爆炸讓幾乎所有工人都逃了出去，剩下的人在滅火。如果再來場雪崩，就得從其他地方調派人手。可以看到士兵從外牆衝出去，面對此種狀況全都啞然無言。

然後，有一群人沒放過這個狀況。

某種白色的東西從守備變得薄弱的外牆進來了。

顏色形成了保護色，從遠處看不清楚。但貓貓看到士兵慌忙與那些東西對峙，然後潑濺出紅色的物體。

鮮血飛濺在白雪上。

白色的東西原來是入侵者。一脫掉白色外套，戎裝便露了出來。

（是來平亂的嗎？）

上級妃從後宮逃亡，等於是造反。再加上家人還躲進這種城寨裡堅守不出，可說是百口莫辯。

（待在這裡會不會有事？）

貓貓看見遠處受到篝火照亮的那些入侵者，當場停住了。她不明白自己是怎麼認出來的，但那身姿卻烙印在她的眼底。

她總覺得那裡面好像有位與戰場格格不入的天女般貴人。他身穿色彩高貴的鎧甲，英姿煥發地站在那裡。

難不成是來救自己的？

（不可能，他沒那麼閒。）

一定是看錯了。

疑似那人的身影旋即遠去，入侵者陸陸續續進入城寨。

很快就會有人來了，問題是屆時貓貓會受到何種對待。

可能因為火藥爆炸的關係，硫磺臭味四溢。貓貓用衣裳的袖子摀嘴以免中毒。
（我大可以逃走的。）
這下她也沒資格說子翠了。
貓貓覺得自己傻到極點，但仍然留在原地。
腳步聲愈來愈近。貓貓希望對方別將她就地正法，心臟怦怦地跳著，等那人出現。
（希望是能講道理的人。）
就在那個瞬間，門扉被粗暴地踹破了。身穿藍紫鎧甲的武將站在破門板前。
「……」
「……」
雙方都沒說話。經過一段沉默後，貓貓先開了口。
「真對不起，可以請壬總管救小女子離開這裡嗎？」
「妳受傷了？」
一身藍紫的武將壬氏問道。想必是因為貓貓的衣服上沾了血。
「沒事，回濺的血罷了。」
「沒事才怪！」
「此乃蛇血。」

壬氏傻眼到目瞪口歪。不知怎地，貓貓看到這表情就覺得心情平靜，那種熟悉的反應讓她感到懷念。貓貓也露出一絲微笑。

「喂，那是……」

壬氏靠近過來，想說些什麼。

但壬氏發現後方有其他腳步聲接近，表情隨之一變。眼前的人既不是婀娜如天仙的宦官，也不是貓貓那有些孩子氣的上司。

「東宮。」

一名壯漢走進房裡來。

（東宮啊。）

「現在不是東宮。」

壬氏否認。

「皇子已經誕生。」

也就是說玉葉妃平安生下皇子了，而且是男兒。

還有……

（原來這就是這傢伙的真實身分啊。）

一個不是宦官的男子在後宮內走動可是重罪。能獲准這麼做的，只有欽命在身之人，或是皇親國戚。

「壬總管看起來比實際年齡老呢。」

貓貓明明講得很小聲，壬氏卻瞅了她一眼，顯得不太高興。

「李白何在？」

壬氏對附近一名武官問道。熟悉的笨狗般男子即刻趕來。

「再來就交給你了。」

壬氏說完，離開了現場。

李白偏偏頭，雙臂抱胸，皺著眉頭走到貓貓身邊來。

「冒昧請教一事。我怎麼覺得妳與宮廷一個叫貓貓的當差姑娘長得很像？」

「因為小女子就是她本人。」

李白問了個傻問題，不過身上穿的不是平素的官服而是一身鎧甲，手裡拿著棍棒。

「妳怎麼會在這兒？」

「似乎是讓人擄來了。」

李白的脖子彎得更彎，幾乎都彎成橫的了。

「我說啊，妳爹該不會是……」

「我想大概就如同大人想像的那樣，所以請不要說出那個傢伙的名字。說那個老傢伙什麼的我就知道了。」

李白順從貓貓的請求沒再繼續說下去，但明顯變成了震駭萬分的姿勢，然後又用一種莫名恍然大悟的表情握拳捶了一下掌心。

雖然搞不懂這傢伙是想到什麼而恍然大悟，但總覺得很不愉快。

李白指著貓貓說「這丫頭，就是這丫頭」之後，部下一臉狐疑地從懷中取出笛子吹了起來。

「哎呀，真是對不住，既然妳都這麼說，那一定是這樣了吧。話說回來，妳怎麼一身髒兮兮的啊。滿身都是血耶，受傷了嗎？」

「回濺的血罷了。」

李白雖然跟以前一樣是個失禮的傢伙，但關心地湊過來看。傷口頂多只有被神美用團扇打的傷痕。個性頗為討喜的武官似乎也濺了一身血，一靠近就嗅到鐵鏽味。

「妳可別受傷喔。那個老傢伙明明身子骨不靈活卻硬要跟來，結果好啦，現在變得不能動彈了。」

李白還真的叫他「那個老傢伙」。

此番奇襲作戰八成也是那個老傢伙想出來的。貓貓認為就連發生雪崩，鐵定也是那個老傢伙做了什麼好事。

李白雖然一副悠哉樣，但有在認真做事。
「怎麼？小孩子在睡覺嗎？」
李白跨著大步走過去，貓貓張開雙臂擋下他。
「都斷氣了，似乎是服了毒。」
貓貓此言讓李白表情扭曲起來。
大概是覺得這場面太過殘酷吧。然而就算現在活下來，也只剩下縊死一途。
就連謀害上級妃未遂，犯人都被判處絞刑，家族則是財產充公，多多少少都受了刑罰。
這次可遠比那次嚴重多了。
不管是婦女還是小孩，都將無一倖免地遭受處刑。
對於露出沉痛表情的李白，貓貓很想把一件事弄清楚。
「遭受處刑的人，是否都會曝屍荒野？」
「我想不會吧，會葬在專用的墓地。只是，將會是火葬。」
「能否至少讓孩子跟母親一起下葬呢？」
聽到貓貓這麼說，李白露出了不好說的表情。他把頭髮用力亂抓一通，發出低吼。
「我不太清楚，那不是我的職分。」
然而，李白靠近過去，抱起了一個孩子。他剝掉被套，將它割成兩半，當成襁褓把孩子包了起來。

「簡直就像睡著了一樣咧。本來以為可以一次抱全部，想不到還挺重的。」

李白如此說完，用剩下的被套又包了一個孩子。他繼續割開被套，把孩子一個個包好。

正覺得最後一個孩子不夠包時，李白去叫門前看守的部下脫下外套，拿了過來。

「喂，再去叫兩個人過來。」

他簡短地這麼說，然後把孩子夾在兩邊腋下。

「李大人？」

「雖然沒辦法讓他們一起下葬，但擺在這裡也不太好吧。我可以偷偷抱去墓地附近埋葬。」

李白咧嘴露出潔白的牙齒燦笑。

「不會被問罪嗎？」

「不知道。如果被問罪，到時妳設法救我吧。」

「小女子哪有什麼辦法可想？」

貓貓悶悶不樂地合握雙手，這時李白露出了靈機一動的表情。

「哦！我有個好法子！」

李白如此說完後，歪唇邪笑起來。

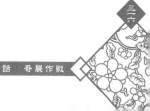

「什麼法子？」

「只要妳叫一聲爹爹，那個老傢伙應該什麼都會依妳吧？」

這句話讓貓貓作了何種反應自不待言。

「……抱歉，當我沒說。」

李白當即別開目光賠不是。

看來就是露出了這樣的一張臉。

二十一話　始末緣由

傳來一道刺痛人耳朵的笛聲。

壬氏感到緊張的情緒稍稍舒緩了點。他命人辦好差事後就吹笛子，約定出了問題就短吹數次，一切無虞就長吹一次。

看來李白已平安將貓貓送出城寨了。

壬氏穿越長長的迴廊。他回想起事前看過的簡圖，知道這前面有間大廳堂與書房，然後是居室。

壬氏身後跟著馬閃。那本來應該是高順的位置，不過高順有高順的職務。每當馬閃為父親代辦公務時，右肩總是不自由主地抬高。

「別太緊張了。」

壬氏用只有馬閃聽得見的聲量說。

馬閃身後還另外跟著兩名武官。

「既然這樣，請讓微臣走在前面。」

壬氏明白馬閃的意思。以位置部署來說，他應該是想讓人分別護衛壬氏的前後吧。

壬氏輕笑一聲，正要推開沉重門扉時，忽然有種不祥的預感。

他叫眾人離開門前。

然後一開門的瞬間，他藏身到牆壁後方。

剎那間，伴隨著刺痛人耳朵的聲響，子彈飛過壬氏身旁。

「這是？」

馬閃表情歪扭。

「意料中的事。」

既然有在製造火藥，突火槍自然也有準備。外頭天氣不好，突火槍點火又費時，可使用的場所有限。即使在城寨內，也得在有一定空間的場所才能使用。

一如壬氏所料，廳堂裡有幾名男子急著重新裝填彈藥。

「隨我來！」

伴隨著壬氏的吆喝，屋裡抱著突火槍的男子們急忙拔刀，但為時已晚。突火槍原本就是必須由數人輪替使用的兵器，第一波攻擊失敗，就沒那工夫重新填彈了。

廳堂裡約有五名男子，全都穿著上好的衣服，其中有張熟悉的臉。鋪著冰冷石板的大房間裡充斥著火藥的獨特氣味。

「子昌人在何處？」

這屋裡的人應該都是子字一族。沒有部下願意留下來打敗仗，拿出突火槍看來也只是作臨死掙扎。

「不打算說是吧？」

「不……不知道！我們無意如此啊。」

其中一名男子說。他口沫橫飛，用一種拚命央告的神情看著壬氏，但因為激動到像是要撲向壬氏，因此立刻被馬閃壓住。

「我們只是被騙了！」

男子即使臉被按在地板上仍然不停辯解。

「還敢狡辯！」

馬閃滿腔怒火，更加用力地按住那人的臉。

「你們盜用國庫修築城寨，罪證確鑿！不只如此，還對官兵兵刃相向，這樣會有何種下場，自己應該清楚得很！」

馬閃直接將出鞘的刀貼在男子的脖子上。嘴角淌著口水泡沫的男子臉部肌肉開始抽搐。

「我……我們不知道啊！他們說這是為了救國，我們只是為了社稷……」

嘶的一聲，刀子落到了地板上。石頭地板與刀刃相撞，火花迸散。男子就這樣白眼一翻，再也不曾開口了。溼答答的水漬在地板上逐漸擴大。

其他男子可能是不想那樣丟人現眼，都沒說話，但眼中只浮現著恐懼。

壬氏無法叫他們不要用那種眼神看自己。

無論他們如何擺出搖尾乞憐的表情，自己無法顛覆的決定已經下來了。

壬氏唯一能做的就是承受那些視線，讓對方情感的矛頭指向自己。

「真是慈悲為懷，反正都要上法場，直接給個痛快豈不更好？」

伴隨著喀喀的腳步聲，說話聲逐漸接近他們。

馬閃以及眾臣都準備迎戰。

緩步徐行的肥胖男子——子昌現身了。他手上拿著突火槍。

壬氏看著這個人稱老狸的男子。

「你講話還能如此悠閒啊，子昌。」

壬氏從懷裡取出一封書信。這封皇帝璽書上寫著捉拿子字一族的敕令。

子昌依然是不慌不忙，舉起了突火槍。

「他老糊塗了嗎？」

眾臣之一小聲說。

似乎是因為子昌手裡沒有火種，所以認定他無法開槍。

壬氏火速拉住馬閃與另一名部下的手，然後趴到地板上。

只聽見一陣槍聲。子彈打到牆上反彈，運氣不好，射中了被推倒在地的家族男丁的腿。

慘叫聲響徹廳堂。

「真是窩囊，你不也拿野獸試射過嗎？」

子昌對發出慘叫聲之人說。

「明明還心癢難耐地說想拿人試試的，真是遺憾。」

壬氏覺得他那聲音不帶任何感情，簡直就像唸臺詞一樣，難道是壬氏多心了嗎？

「嗯，這樣就結束啦。要是能再多點時間就好了。」

子昌說完，把手裡的突火槍扔了。然後他看向壬氏，只一瞬間放鬆了表情。

他想說什麼？

壬氏無法追問清楚。

就算能，這個男人大概也不會鬆口。

「給我上！」

馬閃倒在地板上下令。

血花飛舞。

三把劍接連刺進子昌發福的胴體。

子昌連叫聲都沒發出來，只是仰頭朝上。血紅泡沫自嘴裡溢出，兩眼滿布血絲。但他沒有倒下，而是維持著仰頭朝上的姿勢大大張開了雙臂。

是笑聲，抑或是詛咒？

天花板上並沒有什麼東西，還是說他看的是更高遠的地方？壬氏只覺得自己就像在看一場戲，看著名喚子昌的男子上演的戲劇。

壬氏不明白。

沒為疑問留下解答，子昌就斷氣了。

死得要說簡單，倒也算是夠簡單了。

通過廳堂走到的迴廊上，有一群衣不蔽體的女子與打扮俗麗的男子。

女子們多嘴饒舌地說出屋裡頭有什麼人在，只求饒命。男子們堅稱這些女子是子字一族的人，而他們不是。

壬氏能體會他們想活命的心情，但出賣他人的醜陋模樣讓他看不下去，命令眾臣將他們綁起來。

他們說前上級妃樓蘭與其母神美在最裡面的房間。

「根本沒人啊。」

馬閃比壬氏先進入房間。

裡面有一張大床與好幾張羅漢床。脫下的衣物散落一地，焚香的氣味四處飄散，酒瓶與煙管掉在地上。不用親眼目睹，也能猜出這裡發生過什麼行為。馬閃滿臉通紅，但不是因為憤怒。

聞到了讓人頭暈目眩的香氣，壬氏不禁把香爐抓起來扔掉。

類似乾草的東西從香爐裡灑出來。假若那個藥舖姑娘在這裡，想必會告訴壬氏它具有何種功效。

「到哪裡去了？」

相連的房間或露臺上都沒人。

「是跳到外頭了嗎？」

眾人都往露臺上走，只有壬氏大惑不解。

進來的房間與相通的隔壁房間，構造上應該要一樣大，但卻感覺哪裡不大對勁。

總覺得裡面那個房間比較小。壬氏在兩邊房間之間來來回回。裡間只有一個入口，露臺的對面是牆壁。

雖然因為家具少讓空間顯得寬廣，但牆壁到露臺的距離較短了點。

壬氏回到一開始進來的房間，然後看看靠牆的櫃子。跟隔壁房間的大小差異，正好等於櫃子的深度。

「……」

壬氏打開櫃子，裡面裝滿了華麗的衣服，他往更裡面伸手。櫃子看起來結實堅固，但總覺得深處的背板好像薄了點。他稍加用力一按，發現背板可以往上推。

壬氏爬進櫃子，手腳著地探頭往更深處看。本來該有牆壁的地方，形成了一片空間。

是一條密道。

而且，他看見了微光。

「砰～」

只聽見一個有點頑皮的聲音傳來。

一個槍口對準了壬氏眼前，樓蘭就待在通往深處的密道裡。與壬氏所知的突火槍相比之下，她手上的火銃形狀較小一點。雖然跟方才子昌發射的突火槍很像，但比那小上許多，即使地方狹窄仍能隨身攜帶。沒想到不只火藥，還製造了新式樣，實在令人吃驚。

「為了方便，就讓我叫您壬總管吧。」

樓蘭槍口繼續對準壬氏說道。

樓蘭滿身灰燼，頭髮燒焦。每當她說話，拿在手裡的燭臺火光就跟著搖曳。

「可以請總管隨我來嗎？」

「我若是拒絕呢？」

「所以我才要這樣威脅您啊。」

講話態度磊落不羈，聽在壬氏耳裡甚至感覺爽快。

壬氏看看那新型突火槍，從構造上確認到與舊型的不同之處，但仍對她舉起雙手。

「知道了。」

他簡短地這麼說，就跟著樓蘭走去。

壬氏看過的簡圖沒有畫上密道。大概是因為既然是祕密通道，畫在圖上就沒意義了吧。或者也有可能是子昌另行增建的。

由於通道窄小，樓蘭一邊用槍口對準壬氏一邊倒退著走。讓壬氏走在前面會比較輕鬆，但她大概是擔心擦身而過之際，突火槍會被壬氏搶走吧。

「沒想到您真的乖乖跟來了。」

「不是妳叫孤跟來的嗎？」

壬氏冷淡地回答後，樓蘭噗哧一笑。不可思議的是，他覺得那表情比在後宮時來得有人情味多了。

「要從我手上搶走這個，應該是輕而易舉的事吧？」

「……」

雖然不能說確實可行，但壬氏也覺得自己應該制伏得了她。

壬氏沒說出口，只回以沉默。

狹窄通道裡可能是空氣稀薄的關係，燭臺的火就快熄了。而就在即將熄滅時，兩人抵達了隱藏房間。

房裡似乎備有通風口，原本以為即將熄滅的燭火又重新燃燒起來。

搖曳的火光除了樓蘭之外，另外照出了兩名女子。一個是五官與樓蘭十分神似的姑娘，臉上有塊瘀青。

「翠苓姊姊，她有沒有對妳怎樣？」

女子微微地搖了搖頭。記得之前那個死而復生的女官，名字就叫翠苓。而那副容顏，正是以前在後宮見過的新進宦官。

接著壬氏看看另一名中年女子，只覺得她濃妝豔服。她那沒考慮過年齡的打扮，讓壬氏想起樓蘭待在後宮時的模樣。

房裡只有兩把椅子與一張桌子。

「樓蘭，這個男人是……」

「是，母親大人，為了實現您的願望，我請他跟來了。」

樓蘭的母親神美橫眉豎目，瞪著壬氏。

「您一直很怨恨長這模樣的人，對吧？是因為他長得像某人，還是說，您嫉妒他遠比您長得美？」

「樓蘭！」

神美怒斥女兒。然而樓蘭毫無動搖，反倒是翠苓發抖了。壬氏驚訝於翠苓給他的印象，與聽說到的完全不同。

「女兒玩笑開過頭了。好了，在實現母親大人的宿願之前，先說個故事來助興吧。」

樓蘭將燭臺放到桌上，把突火槍夾在自己的衣帶裡。

然後，她聲音嘹亮地訴說起一個故事。

樓蘭所說的故事，描述的是先帝時代發生的事。

昏庸的皇帝，成為了母后的政治傀儡。樓蘭講話的口氣明顯藐視先帝，壬氏卻不覺得生氣，因為他知道那是事實。

他從未懼怕過據說是他父親的男子，唯獨懼怕站在父親身後的女皇。

壬氏回想起陳舊的記憶。他想不太起來女皇最後是怎麼辭世的，只記得先帝不久也彷彿隨母后而去般駕崩。

女皇對不近女色的兒子失去耐性，不斷將美女送進後宮。然後有一次，她要求北方某個家族的族長交出女兒。表面上是聲稱要讓她成為兒子的上級妃。

「……妳在說什麼，樓蘭？」

聽到女兒說出這些難解的事，母親神美問了。這跟她所知道的昔日之事有些出入。

樓蘭噗嗤一笑，用衣袖遮住了嘴。

「母親大人是初次耳聞啊？臥病在床的外祖父對這事可是千咒萬罵，唸唸有詞啊。」

假稱提拔為嬪妃，讓高官的女兒當人質，類似事例在歷史上比比皆是。

「總管知道後宮規模為何會擴大至此嗎？」

樓蘭說道，像在詢問壬氏。

「聽說是令尊慫恿了女皇。」

這是宮廷內的一般見解。名喚子昌的男子，博得了以拗脾氣聞名的女皇的歡心。這名男子原本不過是子字一族的旁系，但因天資聰穎，身上又流有某種特殊血統，於是以養子身分進入了後繼無人的家族嫡系，獲得了「子昌」此一名字，而這個嫡系就是神美的家族。

也就是說，神美早在皇帝賜婚之前就與子昌有了婚約。

「是，父親大人似乎是提議過可擴大後宮，作為新的一件德政。」

壬氏覺得這說法實在巧妙。每當朝廷商議縮小後宮之事時，總是有人搬出此一理由把話岔開。

「作為代替奴隸交易的新生意。」

樓蘭此言讓壬氏睜大了眼睛。

神美也同樣睜大了眼睛，不懂她是什麼意思。

翠苓依然面無表情。

樓蘭對壬氏微微一笑，然後看向神美。

「看來母親大人真的什麼也不知道呢。不知道外祖父做了什麼才會被女皇盯上，害得他不得不把女兒送進後宮，以利於監視。」

當時，奴隸制度仍然盛行。宮廷裡也有官奴婢。

但是，樓蘭說的是**奴隸交易**。

奴婢在荔國的待遇，基本上近似於青樓的娼女。只要賺夠銀錢能抵自己的賣身價或者是賣身期滿，就能從賤民變作良民。

但是，奴婢買賣只限於國內，將奴婢賣至他國是明令禁止的。

「買賣奴隸似乎很有賺頭，即使明令禁止仍然不斷有人染手。尤其聽說當時，年輕姑娘的價錢賣得最好。」

女兒被充當人質的子字一族，不得不縮小奴隸交易的規模。即使如此仍然無法解決奴隸的外流問題，於是才借用了後宮此一場所。不只是年輕姑娘，也接納了男子。因為在成為奴隸之際，有不少男子會先去勢再出售。

作為收容原本要賣到他國的年輕姑娘並暫時保護的場所，子昌提出了後宮這個地方。這與女皇的打算不謀而合。她身為治理政事之人，同時又是關愛兒子的母親，這項政策在她看來似乎是一石二鳥。

那些賣掉女兒的雙親心裡也內疚。與其賣作奴隸，他們自然寧願讓女兒成為後宮宮女為國效力。

只要在兩年的公役期間學會某些技術或受些教育，之後淪為奴隸的可能性也會降低。最重要的是，在後宮當過差之人本身就是一種特權階級。

可惜的是後宮規模過度增大，使得教育方面的問題不能說卓有成效。

「當然，如同女皇不是只有一個打算，父親大人的想法也不是只有一個喔。」

藉由取得女皇信賴的方式，恢復子字一族的信用。然後，當這招也行不通時——

「母親大人也真會找麻煩呢，與其變成如今這副德性，為何不一開始就逃走呢？枉費父親大人還作了那樣的機關。」

莫非樓蘭是在說她用以溜出後宮的密洞？

原來開挖密洞是為了這個目的啊。壬氏恍然大悟。

神美的臉蒙上陰霾。

「是不是信不過那個叫妳捨棄身分地位逃走的男人呢？」

「樓蘭，妳……」

神美擠出滿臉粗深皺紋看著女兒。對那表情顯得畏怯的不是樓蘭，而是翠苓。

神美似乎是察覺到了，用看見穢物般的目光將視線移至翠苓身上。

「我怎麼可能信得過那種男人？爹才一倒下，那個男的就立刻繼承家業，之後竟然還娶了這女人的母親！」

翠苓依然發著抖，看向神美。

樓蘭一邊輕聲笑著，一邊靠近翠苓。她執起異母姊姊的手，將手伸向她的衣襟，拉出掛在脖子上的一件東西。

繩子上掛著像極了壬氏銀簪的雕飾。相較於壬氏的簪子是麒麟形狀，翠苓的是鳥形，明眼人一看就會知道那是鳳凰。

跟麒麟一樣，能佩帶鳳凰飾物之人只在少數。

「先帝似乎是感到內疚了。據說他擔心被逐出後宮的娃娃，屢次在父親大人的引路之下去探望她呢。」

她說偷偷藏匿被逐出後宮的醫官與嬰兒之人，正是子昌。

而當嬰兒漸漸長大，到了適婚年齡時，子昌繼承了家業。

「先帝雖然一度否認，但似乎明白她的確是自己的女兒，還說過這樣的話。」

你願意娶朕的女兒嗎？

身受女皇信賴，又親切幫助自己的子昌，對先帝而言想必是個理想的女婿。

先帝如此懇求，又說願意答應子昌的任何要求，這要他如何拒絕？

女皇緊盯的前任家長臥病在床，改由深受女皇信賴的子昌成為了子字一族的大家長。

神美再也不用留下當人質了。

而關於後宮百花如何處置，最大的決定權在皇帝手裡。子昌娶了他的女兒，兩人之間有了孩子，孩子得到了子翠此一具有「子」字的名字。這就是如今的翠苓了。

「就這樣，母親大人得到了賜婚。」

先帝是個愚蠢的男人，連這樣做會對自己的女兒造成何種後果都不懂。過了一陣子，翠苓的母親**病死**，翠苓則讓後宮的前醫官領養去了。

之後前醫官由於醫術受到賞識，被命令在這城寨裡調製不老藥方，不過那又是另一段故事了。

那段時期，先帝已經纏綿病榻，直到十數年後駕崩為止，什麼事情也沒發生。翠苓只得到名字與唯一一件銀雕，連自己是先帝的外孫女都不知道，在樓蘭出生之後就只被當成庶出之女。

而就連她真正的名字，在妹妹出生後都被奪走了。

「妳……妳騙我，休得胡說八道！」

面對擺在眼前的真相，神美倒退了幾步。

這事對翠苓來說應該也有如晴天霹靂，但她顯得不怎麼動搖，只是略顯不安地看著神美。也許她早已知情了。

「我胡說八道？父親大人一直以來的所作所為，都是為了母親大人您啊。為了只有毀滅一途的結局做了這麼多，您卻說是胡說八道？」

樓蘭一邊笑著，一邊靠近自己的親娘。

「您連壬總管為何出現在這兒都不懂嗎？」

樓蘭用輕蔑的目光看過親娘，然後視線移向了壬氏。

「父親大人最後是怎麼死的？」

「……笑著逝去了。」

壬氏原本不明白那笑聲代表何種意思，他完全無法理解子昌的意圖。

但是聽過樓蘭的這席話，他有了某種新的觀點。

甚至覺得也許從一開始，他就誤解了子字一族叛亂帶有的意義。

「……那個男的只不過是貪戀權力而已。他之所以娶我，一定也只是想誇耀身為家長的地位罷了。」

神美的臉孔扭曲起來。

相較之下，樓蘭面露微笑。

「可是結果在家族之中，不是母親大人比父親大人更吃得開嗎？向母親大人阿諛諂媚的家族成員盡是些什麼樣的貨色，母親大人您知道嗎？」

那些反覆行賄或盜用公款的愚蠢之輩，都向神美拍了馬屁。只要能得到神美的喜愛，家長子昌就不會有任何意見。終究不過是以養子身分進入嫡系的男子罷了，比起在宮廷內的權力，在家族當中的力量並不算大。

神美把苦勸自己的人一個個全都趕出了家族，結果使得膿血越積越多。

認知上的扭曲差異顯現於此。

後宮的擴大與國庫的盜領，這兩件事是以何種意圖進行的？原來前者與後者是兩回事，而不是一句話全算在子字一族頭上就行了。

樓蘭看著壬氏的臉甜甜一笑，想必是發現壬氏明白自己的意思了。

當今皇帝登基後，廢除了奴隸制度。雖然如今此種制度仍存續於地底下，但已算是推廣得較為順暢無阻，而這都得感謝子昌與女皇推行過後宮相關德政。

壬氏也摸索過在縮小後宮時有無可以取而代之的政策。而關於這點，子字一族也曾經間接阻撓。

「雖然大家都口口聲聲地稱父親大人為貍妖，但貍其實是一種膽小的生物。正因為牠知道自己其實很弱小，所以才會拚命迷惑對手。」

迷惑二字點醒了壬氏。

笑著死去的子昌，代表了何種意義？也就是說壬氏直到最後都被膽小的貍妖騙倒了。

「父親大人是否有演好壞人的角色？」

樓蘭笑得淒涼。

這一句話，讓壬氏總算明白了子昌的目的。子昌的存在意義，其實是集國內腐敗於一身的必要之惡。是一種得不到回報的角色。

壬氏緊握拳頭，指甲陷入手心裡，滲出血來。

「妳有證據證明妳所言屬實嗎？」

「侵蝕宮廷內部的膿血，這下就清理了大半了吧。」

「妳原本就確定事情會順利發展嗎？」

「如若不能，直接篡國也就是了。假如這點小事就能導致國運傾頹，這種國家不要也罷。」

樓蘭用一種自暴自棄的口氣說。

「妳……妳一直以來都在這樣暗中搞鬼嗎！」

神美顫聲道。

「妳一直都在跟那個男人聯手欺騙我嗎！」

「我向來都只是照母親大人說的做，何來欺騙之說？您不是說過這種國家毀滅掉算了嗎？您趕走違逆自己的同族，盡讓一些聽信甜言蜜語的草包簇擁身邊。您以為這種烏合之眾，真有力量能打贏官軍嗎？」

女兒的冷淡口氣讓神美豎起了眼睛，然後撲向樓蘭。戴著護指的手指擦過樓蘭的臉頰，劃出兩道紅線。

「不就是為了要贏，才讓人作了這玩意嗎？」

神美手中握著突火槍。

「那不是母親大人用得來的東西，請還給女兒吧。」

「住口！」

樓蘭吃吃發笑，嘲弄般地笑著。

「妳笑什麼？」

「我笑母親大人簡直就是個小角色。」

此話一出，神美的臉孔扭曲了。她扣下了手裡的突火槍扳機。
壬氏趴到了地上。
伴隨著刺痛人耳朵的聲響，某種東西四處飛濺了。
「我真是個不孝女。若是依從父親大人的心意，哪可能做得出這種事來？」
四處飛濺的血黏到了樓蘭臉上。
在她的面前，站著血流滿面的神美。她手裡勉強剩下了一點走火的突火槍殘骸。
「新型的構造很複雜的，那是試作品。」
原來從一開始，她拿著那東西就只是要嚇唬壬氏。說不定裡面還塞著東西。
「壬總管都沒想過要把這個搶走嗎？只要看到我有破綻，應該多得是機會才對啊。」
「妳不是有話想告訴孤嗎？」
「呵呵，您若是個只靠一張臉的傻子該有多好。」
樓蘭有失禮數地說著，邊笑邊從渾身是血的神美手中取走突火槍，丟到一邊去。然後她慢慢讓神美躺下，緊緊握住了她那顫抖的手。
「父親大人死了，您好歹也掉點眼淚吧。他可是一直盼著您回心轉意喔，您若是為他而哭，我也不會說那種話了。」
直到先帝懇求之前，子昌一個妾也沒納，自始至終不曾娶妻。痴情的男子，一心只愛著自幼許配給他的妻子。

「……」

神美沒說話，她是不能說話了。火銃爆炸飛出的金屬片射進了她臉上，原本那般美麗的容顏變得面目全非，血流如注。

翠苓只是顫抖不止地看著她那模樣。

「就沒有其他法子了嗎？」

壬氏站起來向樓蘭詢問。

「或許有吧。但是，要實現每個人的願望談何容易。我們並沒有那麼聰明。」

神美只是恨透了，想毀掉長年愚弄自己的國家。

子昌一直以來，所作所為都是為了神美。即使適得其反，但子昌心裡都是想著她。而同時，子昌也是個無法棄社稷於不顧的忠臣，讓他甘願扮演幾十年的惡賊，直到最後一刻。

壬氏不明白翠苓的心思。她這麼做，或許是為了替母親與外祖母報仇雪恨。只是不知是不是壬氏多心，總覺得她空虛的眼眸中映照出奄奄一息的神美，目光看起來似乎如釋重負。

最後說到樓蘭——

「恕我斗膽奢求，可否請總管答應我兩個心願？」

「什麼心願？」

「謝總管。」

樓蘭似乎明白對方本來不可能接受她的請求，深深地鞠躬致謝。

然後，她從懷裡取出了某種字紙，交給壬氏。

壬氏看了一下，上面寫著壬氏意想不到的事情。

「！」

「我本來是想拿這個求饒的，無奈天不從人願。上頭寫的，是今後在這國家當中可能發生的事情。當此事發生之際，假如子字一族依然存在，有可能會形成障礙而導致滅國。」

紙上的內容，預測到比這次叛亂規模更大的事件即將發生。

樓蘭撫摸自己的親娘。神美已經氣若游絲。

「家族當中還有正常思維的人早已捨棄了名字，姊姊也是。可否請總管當這些人已死過**一次**，放他們一條生路？」

「……孤會盡力。」

「那麼，總管是答應會放過一度已死之人了。」

樓蘭確認般地說。

翠苓既然是先帝血脈，自然不能棄之不顧。

「謝總管。」

樓蘭再次低頭致謝，然後執起神美的手。扭曲變形的護指勉強還黏在她那炸爛的手指上。

樓蘭將它戴到了自己的手指上。

同時，壬氏察覺到有人接近。

似乎是馬閃等人總算發覺壬氏不見蹤影，找到了密道。不知樓蘭是否也察覺到了？

「那麼，再來是另一個心願。」

樓蘭的手伸向壬氏。戴著長長指甲套的手伸了過來。

樓蘭的動作看起來十分緩慢。

想躲的話想必躲得掉，但壬氏沒動，選擇接受。

變形的護指尖端刺進壬氏的臉頰後，直接削下了一塊皮肉。

飛濺的血噴到了眼睛，壬氏閉起一眼，看著樓蘭。

「謝總管。」

樓蘭三度道謝。為了無法免於一死的親娘，她弄傷了那張可憎的臉。此種事到如今似乎已不具意義的行為，決定了樓蘭之後的命運。

「我是否也能成為比父親大人更高明的伶人？」

樓蘭開著玩笑，看向了神美。

「母親大人，女兒能做的就這麼多了。」

樓蘭保持著微笑，打開了反方向的門。

白雪紛飛。門外是城寨的屋頂平臺。

樓蘭揮動衣袖，旋轉著身子婆娑起舞。她晃動著黑髮，一邊舞蹈一邊讓細雪落在身上。

果不其然，馬閃等人已經待在狹小通道裡伺機而動。馬閃發現出事了，掄眉豎目衝了出來。

樓蘭確定有人來了，便高高舉起自己手指上的指套。即使在朦朧的月光下，想必仍能看見上頭沾了血。白雪的反光，凸顯出樓蘭渾身濺滿大紅鮮血的身影。

而在她的後方，站著臉上掛彩的壬氏。

「啊哈哈哈哈哈！」

樓蘭忽然高聲大笑，那聲音在雪中清晰迴盪。

像是發了瘋，但只有那雙眼睛漾著理智之光。

馬閃等人的表情都變作怒容。

神美的眼中已無光彩。只能說自作孽不可活。

翠苓伸出顫抖的手，但觸不到樓蘭。

壬氏只能握住她交給自己的信，見證她的結局到最後一刻。

她在雪中拂動衣袖，甩髮如舞。

發砲聲伴隨著笑聲響起。樓蘭任由它們擦過衣袖與臉頰，繼續起舞。

壬氏有了確信，知道這是她的舞臺。而自己與周遭的所有人，都不過是她的陪襯罷了。

在名為後宮、社稷的舞臺，將其玩弄於股掌之間的一名惡婦——這大概就是她的角色。

假若父親子昌是狸妖，樓蘭或許就是狐魅。

自古以來，傾國惡婦總是狐精。

樓蘭一邊起舞一邊緩步細搖。壬氏不懂她如何能在積雪深深的地上那樣輕盈地舞蹈。武官被雪絆住了腳，放棄追趕，專心發射突火槍。

也許自己應該阻止眾人？

不，他辦不到。

他無法破壞絕世惡婦一生當中的最大舞臺，也無法調離目光。

不知道是第幾次發射了。

伴隨著沉重的「咚」一聲，樓蘭停住了動作。火藥特有的刺鼻臭味四處飄散。

子彈打中了樓蘭的胸口。樓蘭搖搖晃晃地後退，臉上滿是痛苦之色。

「拿下她！」

馬閃命令部下上前。

壬氏對這只覺得心煩。馬閃並沒有做錯事，但壬氏卻覺得彷彿期盼已久的故事還沒讀到最後，就被人洩漏了結局。

樓蘭歪扭的神情變回了笑靨。

然後，她消失了——

不，是看起來像消失了。

她向後倒下，後面什麼也沒有。她從城寨的屋頂平臺跳了下去。

這是壬氏最後一次看到樓蘭。

只覺得身體沉重。

彷彿這數日來的疲勞，現在終於一口氣回來了。

一走出城寨，壬氏立刻與後續部隊會合，讓人應急性地縫起臉頰。明明是壬氏的臉頰被縫，不知怎地周圍所有人都露出忍受痛楚的表情，實在費解。也許是因為沒有施麻藥的關係。

高順到這時才終於與眾人會合，要壬氏立刻睡一下。由於壬氏必須待在後續部隊，自然而然地高順也必須留下。

壬氏到這時才想起，這數日來，他從沒好好睡過一覺。

「那姑娘怎麼樣了？」
「她沒事，請您快睡吧。」
自己看起來有那麼睏嗎——壬氏心想，但他毫無睡意。可能是看壬氏不肯聽話不耐煩，高順悄悄指了指遠處的馬車。
「勸您還是別太靠近比較好。」
壬氏無視於高順所言，走進馬車一看，只見一個灰頭土臉，各處黏著乾硬血跡的瘦巴巴姑娘躺在那兒。
她睡在好幾塊皮毛上，如嬰兒般蜷起身子的模樣看起來比平素嬌小更多。
周圍放了一些包著白布的東西。
「這些都是死去的子字一族的孩子。」
高順說道。
「她為何睡在這種地方？」
「被她苦苦央求，微臣不好拒絕。」
貓貓這姑娘，有些莫名頑固的性子。
或許是有她的想法吧。
「她看起來真悽慘。」

「您也是。」

高順神色悲痛地看著壬氏。壬氏想起一回來馬閃就挨了高順的揍，感到一陣心痛。壬氏受傷部下就得受罰，這是早就知道的事。他明知如此，卻接受了那狐狸精的請求。

「別為孤操心了。話說回來，沒讓軍師閣下看到果然是對的。」

聽人家說，那位軍師跳下馬車時著地失敗，閃到了腰。現在靠自己好像一步也動不了。

壬氏走進馬車。

「你在外頭等著。」

高順待在原地，緩緩地點了頭。

壬氏探頭看看貓貓的臉。臉上黏著乾掉的血，左耳紅腫，塗上了藥膏。

若不是壬氏與貓貓扯上關係，或許她就不會遇到這場劫難了。一想到這就讓他心痛。

除了耳朵之外，臉上沒什麼傷痕。但是，脖子上有像是瘀青的痕跡。

這也是被人揍的嗎？血是從哪裡的傷口流出來的嗎？

壬氏緩緩伸出了手。

然後——

「壬總管這是在做什麼？」

貓貓用一種煩不勝煩地趕跑小蒼蠅的目光看著他。

二十二話　狐妖惑人

醒來一看，眼前有位丰神飄灑的貴人。他不知為何欺到了貓貓身上，手抓著她的衣襟。

「這……這是……」

貓貓冷眼回望著壬氏，只見他講話吞吞吐吐起來，兩手亂揮一通。換作平素的話貓貓會再瞪久一點，但她發現壬氏的臉上纏著白布條。

「……壬總管，您的臉怎麼了？」

貓貓一邊整理衣襟一邊問。

「沒什麼，擦傷罷了。」

壬氏伸手遮住了它。貓貓變得很不高興。

「請讓小女子看看。」

「沒什麼好看的。」

越是這樣說就越讓人在意。貓貓步步前進逼近壬氏，壬氏一路後退。

貓貓將壬氏逼到牆邊，緩緩伸出了手。

「……」

堪稱至寶的容顏，右頰有道斜劃的傷痕。那皮開肉綻的傷口，用線縫了起來。

縫得太草率了，最好盡早重新處置。如果可以，貓貓很想現在立刻重新縫過。但貓貓的手由於過度疲勞而在發抖。

「總管親自出馬了？」

「總不能只有孤一人隔岸觀火吧。」

「總管大可以這麼做，以您的身分就該如此。」

貓貓有些煩燥地說。

「還請總管不要自己往危險的地方跑。壬總管您要是受傷，倒楣的可是您身邊的人。」

聽貓貓如此說，壬氏一邊抓頭一邊露出了苦笑。

「是啊，真對不起馬閃。別看高順那樣，拳頭揍起人來可是挺痛的。」

說著，壬氏笨手笨腳地重新纏起白布條。貓貓從壬氏手中把它搶過來。

「孤本來是無意受傷的。」

「誰喜歡受傷了？」

「都是因為接受了奇怪的請求。」

壬氏的睫毛下垂。黑曜石一般的眼瞳裡，有的是滿滿的憂愁。

「……妳跟樓蘭的感情很好嗎？」

壬氏忽然向貓貓問了。

「算是不錯。」

「妳們是朋友嗎？」

「小女子不太清楚。」

是真的不太清楚。

貓貓認為她們應該是類似朋友的關係，至少貓貓是這麼覺得。但對方是怎麼想的就不太清楚了。跟小蘭還有樓蘭……不，跟子翠混在一起聊天還滿愉快的。

「因為她實在是個難以捉摸的人。」

「……孤也有同感。」

壬氏的神情變得更加悲痛。

「還沒能弄清楚，就結束了。」

貓貓不會連這句話的意思都不懂。

「這樣啊。」

她早就知道會這樣了。那時子翠離開房間時，向貓貓託付了一件事，然後有所覺悟地離去了。

貓貓能做的，只有完成她託付的事——

「壬總管不妨休息一下吧？」

「嗯，孤睏得很。」

壬氏的臉色很差，身體狀況恐怕比遭人劫持的貓貓更糟。眼睛底下可以看見淡淡的黑眼圈，嘴唇也乾燥無光澤。

壬氏應該速速回自己的馬車去睡覺，但意想不到的是，他居然躺到了貓貓方才睡覺的獸皮上。

貓貓的臉顯而易見地歪扭起來。

「請壬總管不要在這裡睡覺。」

「有何不可？孤倦了。」

「還問有何不可……」

貓貓看看四周。馬車裡有五個布包，全都是子字一族的小孩。

「此處犯忌諱。」

「……這孤明白。」

「那麼——」

貓貓還沒說完就被他抓住手腕一拉。抓住她的手非常冰涼。

兩人面對面地躺到了重疊的獸皮上。
「既然這樣，那妳怎麼會待在這裡？」
「小女子對孩童還是有點惻隱之心的。」
貓貓說出了事先想好的藉口。
「真是如此嗎？孤倒是感到有點兒不解。」
壬氏維持著臥姿，稍稍偏了偏頭。
「妳的藥學師父不是囑咐過妳不許碰屍體嗎？」
（竟然還給我記得！）
貓貓差點沒把整張臉皺成一團。
「孤不認為這樣的妳，會長時間待在這種地方。」
淨會在一些奇怪的地方發揮直覺。
貓貓動腦思考如何才能逃離定睛注視自己的雙眸。
就在她維持著這種僵硬狀態時，壬氏的手伸了過來，抓住貓貓的衣襟一掀。
「孤才要問呢，妳這是怎麼了？」
壬氏皺著眉頭說。
掀開衣襟露出的肌膚，有著一塊瘀青。那是被神美用團扇打出的傷痕。

雖然多少有些羞赧，但貓貓決定淡然解決此事。
「遇到了個爛人。」
「……妳被欺侮了？」
聲音聽起來很冰冷。
「是個女子。」
貓貓仔細補上一句。
這個男的就愛管別人的貞操問題。
手指沿著瘀痕滑過，讓貓貓忍不住抖了一下。
「應該不會留下傷疤吧。」
「這點小瘀傷很快就散了。」
觸碰肌膚的指尖觸感讓貓貓覺得尷尬，但她越是後退，壬氏就越是把手伸來。貓貓終於受不了了，坐起來整理了一下衣襟。
「別留下傷疤了。」
「小女子可以將這句話原封不動還給您嗎？」
貓貓這句話讓壬氏破顏而笑。
「孤是男子，不成問題。」

「壬總管已經凌駕於性別之上了。」
「孤管不著。」
「那麼小女子也管不著。假如一道傷疤就能讓自己沒了價值，那沒了就算了。」
「妳剛才不是還拿這事把孤唸了半天嗎？」
壬氏繼續躺著，不放開貓貓的手腕。直到方才都還莫名冰涼的手，慢慢變得溫熱了些。
「孤是留下一道傷疤就會失去價值的男子嗎？」
壬氏問道，抓住貓貓手腕的手加重了力道。
「孤是只靠一張臉的紙老虎嗎？」
對於這個詢問，貓貓自然而然地搖了搖頭。
「毋寧說再留點傷疤或許會更好。」
貓貓不禁說出了真心話。
壬氏貌美過度，會讓觀者心思迷亂。外人都太專注於壬氏的外貌了，貓貓認為他的本質並不如外貌這般華美，應該更誠懇實在才是。
而只有身旁的少數幾人，才了解他的此種秉性。
貓貓呼一口氣，然後微微綻唇而笑。
「總管現在比以前英挺多了不是？」

霎時間，她看到壬氏抿緊了嘴唇。他又是莫名心神不定地左顧右盼，又是眼睛一閉一睜，又是搖頭。

「總管怎麼了？」

貓貓一問之下，壬氏用空著的手抓了抓後頸。

「……本來看周遭狀況如此，想忍忍的。」

「忍忍？覺得睏的話就快離開這……」

貓貓原本想說「快離開這兒去好好睡一覺」，把他趕出去。

然而，貓貓本以為他是在忍著不睡，但手腕又被拉了一把。

貓貓與壬氏面對面地坐到獸皮上，雙手上臂被他的手緊緊扣住。

「剛才看到那傷痕，孤本以為能保持平常心。」

壬氏維持著尷尬的表情，一點一點慢慢靠近貓貓。溫熱的氣息落在貓貓臉上。

「但該說是出乎意料嗎，不如說比預期中能接受。」

「啊？」

無意間，貓貓回想了一下。之前似乎也發生過同樣的狀況，而且不覺得現在這姿勢有些猥褻嗎？貓貓背後抵著馬車的柱子，無處可逃。

「壬總管，勸您還是睡個覺吧？」

「孤還行。」

這個男的眼窩都凹陷了，還在說什麼？

「壬總管，小女子為您重縫傷口。我這就去給您開止痛藥。」

「不過兩刻鐘罷了，孤可以忍。」

「什麼事情兩刻鐘？」

壬氏無視於貓貓的詢問。可能是累過頭了，目光活像野狗。

（這可不妙。）

貓貓想扭動身體，但對方力氣比她大。

壬氏的臉越逼越近，就在雙方鼻尖快要碰著時……

只聽見喀噠一聲。

壬氏嚇得跳了起來。

「怎……怎麼回事？」

聲響來自讓那些孩子躺著的地方。

「！」

貓貓沒錯過這天賜良機，推開壬氏之後，靠近發出聲響的地方。

她替包在襁褓裡的每個孩子一個個把脈。

（不對，不對。）
就在貓貓摸到第三個孩子時……
「……！」
小嘴略微動了一動。
脈象很弱，但有在怦咚怦咚地跳動。
『這些孩子若是蟲子的話，就能度過冬天了。』
她想起子翠說過的話。
鳴聲如鈴的蟲子，母蟲會將公蟲生吞活剝，然後自己也死去。只有孩子能度過冬天活下去。
子翠將自己的家族比喻為蟲子。
而且，子翠給了貓貓另一個線索。
有時候，它在異邦會用作祕術的藥方。
作為一度致人於死，又使人復生的藥。
一度致人於死需用毒藥，但其毒性會隨著時間散去。據說當毒性消散時，一度已死之人有時可以復生。
難怪翠苓會教導貓貓返魂藥的知識，這或許也是子翠的巧計。

「孩子還活著嗎？」
壬氏就在她背後。
但貓貓沒那閒工夫理他。摩娑孩子的身體，設法讓孩子成功復生比較要緊。
子翠就是為了這個目的，才會把貓貓帶來。
貓貓不知道壬氏會拿復生的孩子怎麼樣，但她沒那閒工夫找藉口。
「壬總管，熱水，請準備熱水，還有可以暖身子的東西！衣服也好食物也好。」
「……一度已死之人，是吧。」
壬氏吃吃笑著。
「被擺了一道啊，簡直像是被狐妖給迷惑了。」
「壬總管！」
壬氏唸唸有詞的不知在說什麼，但貓貓才管不著。她橫眉豎目地嚷嚷。
「好，知道了。」
總覺得壬氏說話的聲調似乎有些開朗，表情看起來比剛才溫和許多，但也顯得有些遺憾。
貓貓一心只顧著幫助接連恢復呼吸的孩子們復生。壬氏把毛毯與熱水桶拿來，於離開之際在她耳邊呢喃：

「下次再繼續，好嗎？」
「啊——好好好。」
忙翻天的貓貓沒多想，只回了這麼一句話後，就埋頭照顧孩子了。

終話

京城那天氣氛是熱鬧烘烘，因為當今皇上終於立了皇后，同時還讓東宮初次亮相。再加上新年的洋洋喜氣，連煙花巷都瀰漫著這普天同慶的氛圍，年紀輕的見習娼妓都靜不下心來做事。

皇后名喚玉葉，而東宮則是她的麟兒。

生產過程順利結束了。

這不但是件喜事，同時也表示貓貓功成身退了。

因此，貓貓在住慣了的老巢藥舖裡把藥草磨碎。

「喂，麻子臉，給我點心。」

尚未變聲的小男孩開門進入屋裡。男孩名叫趙迂，是個門牙脫落，一臉呆相的小鬼。

小鬼捨棄了往昔的名字。之所以取了相近的名字，是因為本人對之前的名字略有記憶，不得已才這麼做。

雖然看起來是個頑皮的小孩，其實他是到幾天前才終於能夠活力充沛地亂跑亂跳。

之前明明一直意識模糊地臥床不動，現在卻能這樣跑跑跳跳，是因為年輕還是運氣好？
那件事發生後，五個孩子都復生了。貓貓費了好大的勁，拚命調整他們的呼吸。她把被帶到其他地方的翠苓也找來，盡力讓孩子們復活。
翠苓說過實驗才作到一半。她們當初應該是希望能進一步確認藥效之後再那麼做，然而最後情況緊急，還是讓孩子們服了藥。
因此，復生留下了一些後遺症。
五個孩子當中，這個趙迂是最晚甦醒的一個。
本來註定得與爹娘一同上絞架的孩子們，得到了新的名字。其他四個孩子都讓別處收養去了，只有趙迂待在煙花巷。
不知是幸或不幸，趙迂失去了記憶。此外，他半個身體留下了輕微麻痺，但從原本的狀態來想，老實說已經算好運了。
貓貓甚至還想過最糟的情況，也就是醒不過來。
不知是出於何種理由，總之免於一死的孩子們，據說今後將由前上級妃阿多扶養長大。雖然也談過應該讓幾個人分開領養他們，但聽說阿多覺得那樣太殘忍，就一手攬了下來。
看到阿多不知為何女扮男裝，整個人看起來比在後宮更有精神，貓貓很是驚訝。因為她那模樣與壬氏十分相似。

（果然，說不定……）

不，還是算了吧。貓貓把以前突發奇想的念頭收回腦袋裡。

阿多不只領養孩子們，也收留了翠苓。雖然翠苓做過各種事情，把宮廷內搞得天翻地覆，所幸情有可原，況且又是先帝的後代。儘管隨時有人監視，但可保住一命。

趙迂由於失去了記憶，他們認為與其他孩子分開撫養比較好，就到煙花巷這兒來了。

總覺得這樣好像會帶來一堆囉哩囉嗦的問題，但跟貓貓無關。本來應該是無關的，然而這個沒藥救的皮小子不知為何卻待在她這兒。說是因為這裡就某種意味而言最安全，但貓貓不懂哪裡安全了。

貓貓對著擅自開始翻找藥櫃的小鬼頭頂就是一拳。

「很痛耶——！妳幹麼啦。」

「誰准你吃了。」

貓貓把小姐（姊姊）送的整包高級煎餅搶回來，丟了一塊放在同個櫃子裡的黑糖碎片給他。

趙迂似乎這樣就滿足了，吃著黑糖離開了藥鋪。有個好脾氣的男僕會陪趙迂玩，所以大概是去找他了吧。

都說小孩子適應力強，說得實在有理。趙迂並未在失去記憶這件事上糾結，有漂亮的小姐們疼他，又有男僕陪他玩，目前看起來似乎沒什麼不滿。老鴇荷包賺得飽飽的，短期內想必不會豎起眼角找碴。
貓貓一邊啪哩啪哩地啃著偏鹹的煎餅，一邊邋遢地躺在地板上。她把坐扁了的坐墊折成兩半，墊在腦袋底下仰躺著。
阿爹羅門沒回煙花巷，就這樣在宮廷繼續當官了。阿爹原本因為不甚明瞭的原因被逐出後宮，但醫術十分了得，大概皇帝也捨不得白白放他走吧。
貓貓未曾再次侍奉壬氏而回到這兒來，原因之一也是出在這裡。
有一次，赤羽來找過貓貓。
雖說貓貓的本行是藥舖，但赤羽看到她居然在煙花巷營生，吃了一驚。
至於她為何而來……
「如果連這點東西都不帶給妳，我會睡不好覺的。」
說著，赤羽將兩封寫在粗糙紙張上的信拿給了貓貓。寄信人署名處，有著一次又一次寫在地上練習的名字。
是小蘭寄來的信。
赤羽說貓貓與子翠同時離開，讓小蘭相當寂寞。據說表面上是假稱兩人都受到拔擢，出了後宮。
「她很沮喪喔，怪妳們倆怎麼一聲不吭的就走了。」

赤羽這樣說的同時，細細描述了許多小蘭的事。貓貓猜得出來她應該是不忍心讓小蘭孤獨寂寞，於是代替貓貓她們陪著小蘭。

「她其實做事能力沒多強，只能說個性開朗真的好處多多呢。」

小蘭雖沒得到後宮挽留，不過聽說有一名下級妃欣賞她，修書給老家收她當妹妹的下女。討人喜歡的小蘭，一定很快就能跟新東家相處融洽了。

除了給貓貓的信之外，還有一封是給子翠的。

貓貓打開寫給自己的信。

信裡用還在學習中的字體，寫著笨拙的文章，但盡其所能將自己的現況告訴了貓貓。有幾處寫錯的地方，但因為紙張還是奢侈品，不能重寫，就塗黑掩蓋過去。

最後——

「希望有一天還能再見面，好想再吃冰糕喔」。

信上寫著這段文字。

貓貓代為保管給子翠的信，但沒拆開看。不過她猜想，只有最後一行文字寫的一定是同樣的內容。

微溫的水滴沿著臉頰一路流下，滴答一聲弄溼了紙，讓字都暈開了。

他們沒找到子翠的遺體。她中了突火槍，從城寨的屋頂平臺墜落。無論他們如何翻挖正下方的積雪，都沒找到疑似子翠的人。

聽說等春天到來，積雪融化後會再搜尋一次。

貓貓祈求她的遺體永遠不被人找到。

（得去採藥才行。）

阿爹離開煙花巷之前，似乎作了相當多的藥擺著，但當然早就用完了。田地想必也雜草叢生。

貓貓在煙花巷有很多事情得做。

恐怕比在宮廷的差事還多。

那件事以來，她一直沒見到壬氏。那不是她想見就能見著的人物。

揮軍作戰，臉上留下傷疤的男子，不可能以宦官身分重返後宮。

想必是恢復了原本的真正身分吧。

貓貓不知道他的本名。就算知道，想必也永無呼喚的機會。兩人居住的世界就是有如此巨大的區隔。

傷口多得是優秀醫官為他醫治，用不著讓貓貓來，況且還有阿爹在。就算貓貓留在那兒，想必也沒什麼能做的事。

壬氏已不再是宦官，不可能繼續把一個可疑的窮酸姑娘留在身邊。今後他行動也不再需要偷偷摸摸。

因此，貓貓回來煙花巷開藥舖才是最好的選擇。

既然阿爹不在，老鴇應該也不會再想著把貓貓賣掉。

（唉，好睏。）

昨晚貓貓徹夜製藥。調製新藥實在是件難事，想提高效用而調配多種藥材，有時會因此產生毒性等副作用。

貓貓弄傷左臂試了好幾種藥，但效果終究都不理想。

反正耳朵正好受了傷，她試著塗了點看看，但還是不見成效。

可能是長年累積藥性，痛覺似乎麻痺了相當多。

（看來得切出更大的傷口才行。）

貓貓看看左手，用帶子把小指綁緊。她站起來，從櫥櫃抽屜拿出小刀。

（好……）

就在她正要高舉小刀剁下時，

「妳想做什麼？」

背後傳來了美妙的嗓音。

「……」

回頭一看，把臉遮得怪裡怪氣的一名男子出現在藥舖門口。背後有個熟悉的勞苦命壯年男子，以及搓揉著雙手陪笑的老鴇。

「總管的公務都處理完了？」

貓貓解開纏在手指上的帶子，把小刀放回櫃子裡。

「偶爾休息一會兒，不妨事吧？」

「大人慢坐。」老鴇悄悄端來茶水後，若有所指地笑著說。茶水是上好的白茶，點心是軟落甘，都是只奉給三姬客人的高級品。

「在這兒就行了嗎？」

不知為何，老鴇向高順問了這種問題。看高順點頭，老鴇露出有些不甘的表情說「慢慢坐」就關上了門。

（真不知道她想幹麼。）

總之，壬氏終於把蒙面布拿掉了，露出除了一道傷痕劃過臉頰之外，正可謂至寶的容顏。

貓貓拍拍折起來的坐墊，放到壬氏面前。壬氏毫不客氣地坐了上去。

「總管似乎累了。」

貓貓將茶與茶點端到了壬氏面前。

壬氏先拿起茶碗喝了一口。

「公務繁忙。不只人員調度，還有子字一族的領地問題。」

壬氏長吁一口氣，皺起了眉頭。總感覺他這些動作越來越像高順，不知是不是貓貓多心了。

聽聞子字一族的人皆已遭到處刑。幾乎都是待在城寨裡的那些人。

領地將歸國家管轄。北方大地的林地物產豐饒，今後想必會為國庫帶來龐大收入。即使一族作為仲介收取的稅率降低，仍然是收入大於損失。

只要有木材，就可以用來製造各種物品。

（希望可以用來造紙。）

貓貓一面希望那裡有適於造紙的木材，一面微笑。

至今那類物業之所以沒能蓬勃發展，或許是因為有子字一族的介入。貓貓想著想著，一回神才發現自己正在用磨缽磨碎藥材。

「……喂，妳當沒孤這個人啊。」

「對不起，一時習慣。」

「好吧，也罷。」

壬氏咬一口糕點，把茶喝乾。貓貓看茶碗空了，站起來想再去倒茶，卻被抓住了手腕。

「有何吩咐？」

壬氏拉住貓貓，讓她再次坐下，目不轉睛地看著她臉旁邊的位置。

他是在盯著貓貓的耳朵看。挨打的傷痕應該已經消退了。

（有股甜香。）

不是點心的香味，而是焚香。貓貓想起那有點愛欺負人的初入老境侍女，心想水蓮的品味還是一樣。

「妳該履行約定了吧？」

（約定？）

貓貓仰望天花板，回想自己作了什麼約定，看得壬氏表情都扭曲了。

「可別說妳忘了，孤不是幫妳湊齊了冰糕材料嗎？」

（哦，那件事啊！）

貓貓差點沒拍一下手。

然後，她想起約定的內容，又抬頭看向了天花板。

「怎麼了？」

「啊！不是，那個，關於那支簪子……」

貓貓用蚊子叫似的聲音說。

「小女子給人了。」

「……」

壬氏臉孔抽搐。與其說是憤怒，倒比較像是失望。

貓貓心想這下不妙，動腦筋想想藉口。

「等到了春天或許能找回來。」

「為什麼是春天？」

「也或許找不回來。」

找不回來比較好，假如找不回來的話……

「也許有朝一日幾經輾轉，會擺在京城的攤販上賣。」

「妳把它賣了！」

「不，我沒有賣！」

怎麼會這麼難解釋！這該怎麼說才好呢？

「小女子把它給了子翠……給了樓蘭。雖然有叫她總有一天要還……」

「原來是這麼回事啊。」

「既然這樣……」壬氏抬起臉來。

「那就要妳履行另一個約定吧。」
另一個約定是什麼來著？記得好像是……
「好像是要小女子把話聽完？」
「是了。」
壬氏滿意地說。
因此，貓貓端正坐姿面對壬氏。
「好，總管請說。」
「……」
「請說。」
但是，壬氏什麼也沒說，只是盯著貓貓瞧。
「總管沒話要說嗎？」
「不，有是有。不過仔細想想，妳應該已經明白孤要說什麼了。」
壬氏大概是想說出自己的身分，但貓貓早已知情了，事到如今毋需多言。
「那麼說別的也行。」
「別的……」
但是，壬氏什麼也不說。

「……」

兩人陷入沉默，就這樣持續了一會兒。

（搞半天根本沒話要說嘛。）

貓貓很想趕快回去專心調藥。

就在她正要移動位置的時候……

壬氏的臉靠近過來，貼到了她的脖子上。

「……總管這是做什麼？」

某種微溫又帶暖意的東西碰到了脖子。不，是包住了脖子。牙齒抵在皮膚上，柔和地輕輕啃咬。

「這下妳懂孤的意思了嗎？」

「人的唾液有時可是含有毒性的。」

如同被動物咬傷後必須消毒乾淨以免化膿，被人咬傷有時也會發生同樣的症狀。

「……」

「小女子想去做事了。」

「些許毒素對妳應該無效吧。」

啃咬的力道加重了。貓貓覺得有點痛，輕輕敲打壬氏的背。但他依然越咬越用力，讓貓貓不由得用力拍打了他幾下。
嘴唇好不容易離開了貓貓的脖子。唾液牽出銀線，伸到約一尺長之後斷開。
「總管想咬死小女子嗎？」
「有時還真想這麼做。」
這男的是怎樣？貓貓正如此心想時，冷不防被他緊緊抱進了懷裡。
「先繼續之前未完的事吧。」
說著，壬氏稱心如意地笑了。
從正面一看，壬氏的傷口尚未拆線。可能是重新縫過一次，縫線痕跡比之前精細許多。
（不曉得是不是阿爹重新縫的。）
她心裡一邊想著，不知不覺間手伸到了壬氏臉上。壬氏瞇起眼睛，露出略帶純真的表情。
「妳身上也累積了毒性嗎？」
就在壬氏如此說著，伸手來抬貓貓的下頷時……
「麻子臉！」
只聽見好大的「砰！」一聲。
在門口的反方向，供客人拿藥的窗戶大大地敞開。

「妳看——！妳不是想要這個嗎！」

得意洋洋地挺著胸膛的趙迂出現在那兒，高高舉起的右手裡抓著蜥蜴。

「哦！幹得好。」

貓貓溜出頓時垂頭喪氣的壬氏懷裡，拿起蜥蜴，然後直接裝進甕裡。

「奇怪？那個小哥幹麼趴在地板上？」

「當差太累了。喏，跑腿費。」

貓貓拿了塊黑糖碎片給趙迂，他又一溜煙地不知道跑哪去了。

「……早知道就送他上絞架了。」

壬氏發出低吼般的聲音，簡直像隻野狗似的。

可能是傷疤的影響，壬氏的中性氣質稍有減緩，感覺臉部線條似乎變得粗獷了些。

仔細一瞧，門上有個小縫，從中露出幾顆眼珠子。

貓貓嘩啦一聲把門拉開，發現了嚇得後仰的老鴇與高順。

「嬤嬤，幫我鋪張床。香要燒好睡的。」

「知道啦。」

老鴇遺憾地嘖了一聲，開始準備鋪床。

貓貓看看仍然趴在地上的壬氏。

老鴇偷偷把上好的棉被與香料放在房間角落就出去了。

貓貓呼地嘆一口氣，然後伸手去拿藥杵。

當咯吱咯吱磨碎藥材發出的氣味與焚香交相混合時，她聽見了壬氏的輕微鼾聲。

（腳都要麻了。）

貓貓一邊作如此想，一邊開始調製新的藥方。

○●○

進入新的一年過了數日，男子到現在還沒能得閒。京城裡似乎鬧了些亂子，然而對於這個十萬八千里外的港埠而言，卻是遠到連隔岸觀火都辦不到。

現在比起這事，男子比較想趁著這節慶喜氣快把商品賣了。每逢大小佳節，男人總是想在女人面前撐面子。沒有一個商人會不懂得利用這點。

攤販上從娃娃玩具般的戒指到舶來品的首飾，樣樣皆有。雖然商品種類雜七雜八，不過就是要五花八門才配得上這爆竹劈啪作響的節日。

「下次再來啊——」

剛才又有一個不識貨的男子買走了花樣幼稚的耳環。說是準備回鄉，要贈與情人的，不過憑他那品味，恐怕情人也要苦笑了。但是男子好歹也是個生意人，即使是品質欠佳的貨，也得花言巧語地讓客官滿意，從懷裡掏錢出來才行。

正看著客官男子步履輕快地離去時，又來了一位姑娘客官。

看來是只看不買了。

姑娘一身穿著有些隨便，衣服也有點髒兮兮的。只是，衣服本身倒是實在的厚料子，是遙遠北方居民愛好的服裝。

就在男子怕她擋到下一位客人，想委婉地打發她走時，姑娘抬起了頭來。

「欸，大叔，這是蟬嗎？」

「是啊，是古代常見的玉器。」

男子不由得客客氣氣地回答，大概是因為姑娘雖然衣衫襤褸，容貌卻很標緻。雖然表情中還帶著些天真無邪，但體態卻是屬於成熟的姑娘家。

「哦，好有意思喔，是玉啊。」

姑娘用指尖戳了玉蟬幾下。

「喂，這是要賣的，不買就請妳別碰。」

雖然不會碰壞，但他可不想白白讓東西沾到手垢。

「妳要買嗎？」

「嗯——我沒多少錢耶。」

「那就拜託別碰了。」

就算是再漂亮的姑娘，這方面還是要劃分清楚的。

姑娘似乎真的很喜歡玉蟬，一直盯著它瞧。假如告訴她這東西原本是作來讓死人含在嘴裡的，不知她會作何反應——男子心想，就在他準備開口想拿這故事早早把她嚇走時……

「來，給你。」

姑娘從懷裡拿出了簪子。

「這是要做什麼？」

「以物易物如何？」

「嗯——」

男子認為反正不會是什麼好東西，瞇起眼睛拿來看看。然而它雕工之精巧美麗，絕非攤販珠寶商有幸一見的物品。可惜的是有一部分留下了撞爛的痕跡，這點恐怕嚴重折損了簪子的價值。這是怎麼弄的？在簪子的平坦裝飾上，有著穿孔般的痕跡。就像是嵌入過某種圓形的東西。

「怎麼樣？」

「沒有，這就夠了。」

男子本來想問問來處以防萬一，但還是作罷了。男子認為自己該做的，應該是慶幸能得到如此珍品。這支簪子就連簪柄的紋路都精美無比。光拿簪柄來用，再換上不同的珠翠，就能賣到相當好的價錢了。

「那麼，這我拿去嘍——」

姑娘舉起玉蟬對著太陽光看看，眉開眼笑。無憂無慮的笑容，讓她那身髒兮兮的穿著都顯得閃耀動人。他想：在皇帝的苑囿——後宮裡綻放的名花，一定就是像這樣的姑娘吧。

男子不禁被她那笑容逗樂，忍不住對她說道：

「像妳這樣的姑娘若是進入皇帝的禁苑，那可是榮華富貴享用不盡啊。就像那位……叫什麼來著？寵妃娘娘的名字叫……呃呃……」

「記得是叫玉葉妃吧？」

「對對，就是那位嬪妃，才剛當上皇后呢。」

書肆門口偶爾會出售她的畫像。雖然價格昂貴，不是庶民能買得起的，但正適合用來吸引客人。

「玉葉啊……」

姑娘一邊看著玉蟬，一邊環顧四周。她似乎看見了什麼，男子往那邊一看，只見有個漁夫正在把漁網裡的魚與海藻挑出來分類。

「欸，大叔，我跟你說，我的名字叫玉藻喔。」

「這樣啊，感覺就像是會受到大海恩寵的名字呢。」

「就是啊，到海外異國去看看好像也滿好玩的。」

名喚玉藻的姑娘咧嘴一笑，看看停泊於埠頭的船。那是從遙遠島國飄洋過海而來的船，那艘船上的貿易品也有幾件擺在男子的攤販上賣。

姑娘朝氣勃勃地蹦蹦跳跳，展現出耀眼奪目的笑容。

「那就謝謝了，再會嘍——」

姑娘一邊朝氣蓬勃地揮手，一邊跑向埠頭那邊去了。

《藥師少女的獨語 5》待續

末日時在做什麼？能不能再見一面？ 1~7 待續

Kadokawa Fantastic Novels

作者：枯野 瑛　插畫：ue

「我去善盡黃金妖精的責任。」
這是由被塑造出來的英雄所譜出的故事——

能夠與〈獸〉對抗的黃金妖精存在廣為流傳，懸浮大陸群因而激昂沸騰；另一方面，侵蝕的腳步聲逐漸逼近三十八號懸浮島。潘麗寶·諾可·卡黛娜為了使盡全力挺身與〈獸〉一戰而踏上被〈第十一獸〉吞噬的三十九號懸浮島——

各 **NT$190~250/HK$58~83**

Novel by Kei Sazane, Illustrated by neco
EPISODE「The Fallen Wings」
Vol. 2
細音啓
Illustration neco
為何我的世界被遺忘了?
Phy Sew iu, ele tis Es feo r-delis uc i.
墮天之翼
Kadokawa Fantastic Novels

自稱F級的哥哥似乎要稱霸以遊戲分級的學園？ 1~3 待續

Kadokawa Fantastic Novels

作者：三河ごーすと　插畫：ねこめたる

掌控學園的獅群將在這天體會到
被「不敗傳說」惡魔般謀略玩弄的滋味！

碎城紅蓮被迫參加規模遍及全校的「學生會選賭」。不過在最終選拔的「假撲克」中，妹妹可憐卻在御嶽原水葉與白王子透夜的狡詐計謀下吞敗。紅蓮眼見深愛的妹妹受到傷害，對學生會所有人宣戰。「我要把你們打得再也無法振作！」

各 **NT$200~230/HK$67~75**

三角的距離無限趨近零 1 待續

Kadokawa Fantastic Novels

作者：岬鷺宮　插畫：Hiten

我愛上的那個女孩體內住著兩個靈魂——
與雙重人格少女譜出的三角戀愛故事。

存在於一具身體裡的兩個靈魂——無論何時都貫徹自我的文靜轉學生「秋玻」；生性溫柔卻有些脫線的少女「春珂」。我協助春珂在校園生活中順利扮演秋玻，並請她幫我追秋玻作為交換條件。然而，在知曉她們祕密的過程中，我也逐漸跟著扭曲——

NT$220/HK$73

公爵千金的本領 1~5 待續

Kadokawa Fantastic Novels

作者：澪亞　插畫：双葉はづき

一路走來的結果，如今就在這裡……
艾莉絲所找尋到的「幸福」究竟是什麼？

在與鄰國多瓦伊魯開戰中，艾莉絲感覺到阿卡西亞國的陰謀，藉助支持並信賴自己、一同走到現在的所有人們的力量四處奔走。此時，卻從最前線傳來了第一王子亞爾弗列德——也就是汀恩戰死的噩耗……？從壞結局開始的艾莉絲的故事，迎向最終幕——

各 NT$190~220/HK$58~73

在流星雨中逝去的妳 1 待續

Kadokawa Fantastic Novels

作者：松山剛　插畫：珈琲貴族

以「太空」與「夢想」為主題，
感人巨作揭開序幕！

「就像過去會影響現在，未來也會影響現在。」二〇二二年十二月十一日——我絕對忘不了的這一天，軌道上的所有人造衛星墜落，人稱「全世界最美麗的恐怖行動」，有唯一的犧牲者……！為了拯救繭居少女天野河星乃，高中生平野大地挺身對抗命運。

NT$250/HK$83

國家圖書館出版品預行編目資料

藥師少女的獨語 / 日向夏作；可倫譯. -- 初版. -- 臺北市：臺灣角川, 2020.01-
冊；　公分. -- (Kadokawa fantastic novels)

譯自：薬屋のひとりごと
ISBN 978-957-743-511-8(第4冊：平裝)

861.57　　　108019521

Kadokawa
Fantastic
Novels

藥師少女的獨語 4

（原著名：薬屋のひとりごと 4）

2020年1月31日 初版第1刷發行
2024年3月15日 初版第7刷發行

作者：日向夏
插畫：しのとうこ
譯者：可倫
發行人：台灣角川股份有限公司
總監：呂慧君
總編輯：蔡佩芬
主編：林秀儒
編輯：邱瓈萱
設計指導：陳晞叡
美術設計：吳佳昫
印務：李明修（主任）、張加恩（主任）、張凱棋

發行所：台灣角川股份有限公司
地址：104台北市中山區松江路223號3樓
電話：（02）2515-3000
傳真：（02）2515-0033
網址：www.kadokawa.com.tw
劃撥帳戶：台灣角川股份有限公司
劃撥帳號：19487412
法律顧問：有澤法律事務所
製版：巨茂科技印刷有限公司
ISBN：978-957-743-511-8